関西大学東西学術研究所　訳注シリーズ20

コスタリカ選詩集―緑の祈り

カルロス・フランシスコ・モンへ　編
鼓　宗　訳

関西大学出版部

コスタリカ選詩集―緑の祈り

カルロス・フランシスコ・モンヘ　編
鼓宗　訳
ロベルト・パチェーコ　写真

カルロス・フランシスコ・モンヘ

目次

序文

コスタリカの詩

コスタリカは中央アメリカ地峡に位置する国である。そのごく狭い国土（五一、一〇〇平方キロメートル）は、日本の邦土の八分の一ほどの面積に相当する。[1] ベルギー、オランダ、あるいは、デンマークよりもわずかに大きい。

コスタリカの近代の歴史は、比較的に短い。その領土は、十六世紀以降、南アメリカの他の地域とともにスペイン帝国によって占有されたが、十九世紀の初頭にそこから離れ、一八五〇年頃に共和国となって今日に至る。一八二一年のスペインからの独立の後、コスタリカと他の四ヶ国からなる中央アメリカ諸国は政治的統一を得ようとしたが、しかし、この理想は挫折した。この時以来、コスタリカは大統領制に基づく民主共和制の体制を採ってきた。

国際社会においてこの国は、非武装主義の原則によって、地域における平和の推進者として、そして民主的諸権利の擁護者として信望を得ている。さらに、営利や観光を目的とするのではなく、人類の生物学的遺産を保全する行為として自然の生態系を守ろうとするその努力が認められてきた。

発展の途上にある国でありながら、広範に及ぶ教育制度を整えており、相当の識字教育を社会に施している。公共教育が全国隅々まで行きわたり、大学は、国立か私立かを問わず、この国を科学的にも、技術的にも、そして文化的にも近代化の波に乗せようとしている。日本との政治・外交上の、そして文化的な関係は一九三五

1 〔原注〕四国と中国地方を合わせた面積にほぼ近い。

年に始まった。十年後に一時国交が途絶えるが、一九五三年にそれは修復され、それ以降、途切れることなく、平和裏に互恵の精神をもって維持されている。

コスタリカの文学は、およそすべてのイスパノアメリカ文学がそうであるように、十九世紀のうちに始まり、ヨーロッパ文学、ことにスペイン文学の影響を受けながら、何よりもロマン派や写実主義のごとき、もっともよく知られている様々な思潮や運動から滋養を得た。二十世紀に移ると、さらなる潮流が現れ、そのなかには、モデルニスモや、この世紀の最初の二十年間に固有のものだが、アヴァンギャルド芸術の諸派があった。

むろん、何もかもが影響であったわけではない。コスタリカの作家や芸術家たちは、マドリード、パリ、ニューヨーク、メキシコシティ、ブエノスアイレスといった主要な文化の中心地からもたらされるモデルと傾向を頼りとしながらも、自国の地理空間を、歴史を、そして文化を解釈するに際して独自の貢献を果たそうと努めた。真の詩がすべてそうであるように、それは常にコスタリカの独自の歴史と文化と社会の状況を解釈するものであったが、というのも詩人は、いかなる言語によってであろうとも、抽象や一般論や慣用の主題で詩を書きなどしない。二十世紀も後半になると、国全体の近代化、世界との文化交流の機会の増加、教育水準の向上とともに、コスタリカ文学はかつてない発展を遂げ、少なからずの作家たちが、否定しがたい価値と質の高さを誇る作品――詩、小説、エッセイ――を創造するようになった。おそらく、他の国々のように政治上や経済上の、さらには地理上の存在の大きさによって認知されているわけではないが、その発展と表現はスペイン語で書かれた現代文学の水準に達している。

この『コスタリカ選詩集』は、二十世紀の全般と今世紀の最初の十余年のささやかな見本を載せている。これに関して、コスタリカ詩の小史を語っておくのが適当であろう。

その歴史はいくつかの時期に分けることができよう。最初の時期はモデルニスモに相当するが、これは概してヨーロッパ文化（マドリード、ローマ、ロンドンもそうだが、ことにパリ）のいくつかの規範を拠りどころとする耽美主義とコスモポリタニズムに立脚する傾向であった。この文芸思潮は目覚ましい成功を収めることとなったが、イスパノアメリカにおける広範な普及という理由だけではなく、その中心にいた詩人たちの一人、すなわちルベン・ダリーオが隣国ニカラグアの出身であるという事情もあった。このモデルニスモの時期は、コスタリカにおいては一九〇〇年から一九二〇年にかけて続いた。この選詩集にはモデルニスモの詩人として、ブレネス・メセン、チャバリア、ソテーラが載る。

イスパノアメリカではポストモデルニスモの名で知られる第二の時期は、ある意味、前の時代と正対する潮流であった。というのも、そこで供されたのは、いずれもモデルニスモのコスモポリタニズムと対極にあるものだが、固有の世界への、故国への、その生活と習慣への、国内もしくはごく親しい内輪へのある種の回帰であった。この潮流は一九二五年から一九四〇年にかけて展開されて、出版面ではともかく、思想面においてある程度の成功を収めた。それは、田舎の景色、峰々、海、個人の感情、ありふれた、つまり風俗写生的な生活といった土着的な固有の文化を回復し再評価しようとしたためである。この方法を発展させたコスタリカの詩人たちには、エストラダ、マルチェナ、サエンス、ルハーンがいる。[2]

二十世紀の半ばには、コスタリカ文学の大勢が政治的・社会的テーマに向かった。いわゆるアンガージュマンの文学の発展を支持する国内の、そして国際的な種々の論争の結果であった。すべての場合ではないにしても、多数の作家が文学を、歴史と社会状況の批判的言明を行うための手段として用いた。詩はその美学的・思想的見解を受け入れた。およそ一九四五年から一九八〇年にかけて続く時期がそれだが、その時代を通じて

2　［原注］後で見るように、スペイン語において、この概念を〈ポストモダン〉という術語と混同してはならない。

この種の詩ばかりが書かれたと言うことはできない。もっと《詩的な》詩が存在しており、多様な主題（内面性、信仰、エロチシズム、人間存在の意味など）を向いている。この選詩集における代表的な詩人に、アソフェイファ、オディオ、ドゥベラン、アルバン、ドブレス、キロスがいる。

もっとも新しい時期――すなわち現代だが――は、《ポストモダン》の詩と名付けることができよう。二十世紀末期から今日までに相当する。コスタリカは否応なしに今日のグローバリゼーションの流れに組み込まれ、そのせいで現代史の大きな政治や経済や科学技術のうねりから逃れ得ずにいる。活動範囲、指示対象、主題、そして言語は、著しい変容を迎えた。コスタリカという国に関わるもの一切を放棄することなく、詩は他のより普遍的な、つまり国境を超えた歴史の領域へと移り入る。

現代のどのような都会（とりわけ西洋の都会）の都市空間も、人間の条件の意味と期待というテーマに変容する。都会は常に幸福であるとは限らず、不確実性、根源的変容、真の感情の不在、コミュニケーションの不自然さなどが重なる場所である。もちろん、それらは詩的なテーマである。現実の出来事である必要はない。他の時代にたびたび用いられたテーマが再び現れることもある。例えば、大衆のなかで孤独に浸る詩人というテーマである。それは悲観主義的な詩ではなく、むしろその対極である。それは、実存に別の意味を見出そうとするが故に、詩語は回復の、救済の意志であるという主張となる。この選詩集ではその代表例として、なかでもイスタル、コルテス、あるいは、チャベスの詩編を挙げることができよう。

この選詩集について

この選詩集が生まれたのは、編者と翻訳者の電子メイルを介した友情からであった。その出版のアイデアはおよそ五年前に生まれ、時間をかけて書物の性格、およびその版と出版の助成の可能性について遠距離の議論を重ねた。わたしが詩の選択とこの短い前文の執筆とを担い、それを鼓が翻訳し、出版のための諸申請をした。両名とも、人間のコミュニケーションの最良のかたちである翻訳された言葉を通じて、日本の読者たちとコスタリカの詩人たちとを結ぶこのプロジェクトを支援してくれた関西大学東西学術研究所と関西大学出版部に厚く感謝する。

二〇一七年十二月

カルロス・フランシスコ・モンヘ

エレディア市（コスタリカ）の中央公園

詩編

ロベルト・ブレネス・メセン（一八七四―一九四七）

詩集：『沈黙にて』、『ポインセチアとヒヤシンス』、『神々は帰る』

内なるバラード

湖のほとりの
森を汽車が走る。
同じようにわたしの魂も
過去の森を走り抜ける。

森では、愛しい女よ、
君のイメージは丈高い樫、
その枝から垂れる
君の言葉は竪琴だ。

わたしが軽く目を閉じると

あの樫が浮かび上がり、
あの竪琴たちは、わたしの心で
思い出の合唱となる。

大通りにて

それは長い大通り、
ほっそりしたポプラが立ち並び、
さざめく泉と
大理石の宮殿の数々がある。
ベンチで抱き合う
数組の陽気な恋人たち、
木々から垂れ下がる
落日の輝き、
古くからある森の香り、
泣きくずれるバラたち、

何もかもがざわめき、何もかもが
わたしに過去の言葉で語りかける。

それはわたしの人生の道だ、
わたしの夢、わたしの理想、
わたしの白い大理石の時間、
わたしの空中の楼閣、
わたしの恋、わたしの過去、
池ですすり泣く
泉の水にも似た
わたしのさざめく記憶なのだ。

たそがれ

わたしが愛する太陽は、死に瀕して、
軍旗を海に投じ、

黄金の聖体が炎上した、
燃える水平線の彼方で。

声望の大胆な飛翔のなか
何らかの宝物の存在を告げつつ、
合唱隊となり雲たちが過ぎてゆく、
あたかも昔の芝居のように。

山の向こうでは一日が逝き、
すでに祈りかつ歌う夕景の
ハーモニーが聞こえている。

そして謎に身をくるみ
聖女の慎ましさで
夜がその国を建てようとしている。

リシマコ・チャバリリア（一八七八―一九一三）

詩集：『ランの花』、『カトレアの花束』、『アンデスより』

夕刻

夕刻が絵筆を、その輝きの束と
多彩な表情を取り上げ、
きらめくみごとな色彩を
誇示しつつその情景を描く。

オレンジ色の太陽が連なる丘を染め、
西の果てで燃える傍ら、
木々の梢では、おずおずと
微風がすすり泣く声をよそおう。

そして瀕死のポイポス[1]が、一歩一歩、

黄昏の階段を下りていく
寡黙で眠たげな王のように……

夕刻が去る……その得も言われぬ眺めに
青やかな天空の
最後の彩雲がやがて止めを刺す。

樫の木

大風が粗暴な力で吹きすさび
高らかなラッパでドゥーブル[2]を試そうと、
獣のごとく、あまりにも卑しげに、
身をよじり、荒れ狂い、呻く。

風の平手打ちを感じて
海が激しくうねり、騒ぎ立て、怒号し、

木立が震える。それでも樫の木は、
まっすぐに立ち、泰然と構え、ほとんど軋まず……

君よ、常に敏捷な、あの競技者のようであれ、
そして卑小な者たちを恐れさせる
突風に対しても悠然としていろ。

さまざまな努力が勝利する頂点で
嵐を、斧をさえかわしながら
毅然としていることこそ称賛にふさわしい。

海

おまえはその尻で
稲妻を、ハリケーンを、台風を振り払う。
一方で大岩がおまえの跳躍の障碍となる

尊大な丸棒を押し倒す。

おまえは身をすくめ、力を籠め、次いで
おまえの巨大な竪琴から千の歌を引き出す。
そしてオルランド[3]、おまえは浜辺の熱い乾きを
白い泡と共に引き取っていく。

おまえの怒りがわたしを鼓舞し、
おまえのティターン[4]の言葉はわたしに
おまえの戦いのゆるぎない力を語る。

ああ、海よ、おまえはどうしたというのか、
障壁を砕こうという強い願望をもって
わたしは自らの魂を越えていく。

ロヘリオ・ソテーラ（一八九四―一九四三）

詩集：『ダマスカスの小道』、『姉妹の書』、『痛みの擁護』

雲が途切れる

楽天的そのものであった魂の耳に
今日　人生が少しばかりの悲嘆をもたらし
今魂は苦悩を覚えるようになった、
わたしが同じ人間ではなくなったために。

しかし雲が空に昇ってその喜びを消したからと言って
潟にどんな責任があるというのか？
わたしの魂は湖だった……雲がかかって
輝いていた星もわたしにはほとんど見えない。

魂よ、その憂鬱を点した雲が

過ぎ去るのを待て。
雲が途切れる……
まだ輝いている星をもう一度見つけろ。

ニューヨークへ

どれほどの穏やかな信頼でもって
どれほどの冷静さをもって
わたしたちはすべてを
海の膝に預けていることか。

円を描きつつ青い線が、
広大なものを区切る……
想いがすでに寄せて来ている、
波のように、絶えることなく。

波が崩れるのが見え、
ハリケーンの風が吹き、
船が揺れているあいだに
わたしたちはただ思い当たる、
いかに穏やかな信頼をもって
すべてを海に預けているかを！

プリズムが色彩を集めるように

プリズムが太陽スペクトルの
色彩を集めて　それを
光彩の調和した束に戻すように、
君の精神が宇宙の輝きに
包まれるさまを見たまえ。

きみの心のなかで　世界の深淵に

一切の憂鬱を捨てさせよ。
プリズムはきみ自身であり、
その深淵から訪れるものすべてが
きみ故に調和するものとなるはずだ！

ルベン・ダリーオ通り（エレディア市）

フリアン・マルチェナ（一八九七—一九八五）

詩集：『逃げゆく翼』

朝

穏やかなバラの色が
水平線を染め、
まだ眠たげな海も
時の凪のうちにある。

片側に傾きながら、
船足が速く朝の早い、
一隻の漁船が沖合に
姿を消した。

夜明けの冷たい、微風がそよぐ。

すぐさま、遠くに、
黄金の光に覆われて
まばゆい太陽が現れる、
伝説の難破から
救い出された宝石のように。

遠くの眺め

老いと不在は
似たものの両極だ。
どちらからもわれわれは、はっきりと正確に、
自分がかつてそうであったものを見る。

新しくなること、変わること、
かつてのわれわれと別のものになること、

そうしていつか歩いた
道で見失った足跡を
後になって見つめること……。

この経験された真実は
理にかなわないようでも、
生において
人は何度も死を迎えるということ。

はかないもの

わたしがバラの花を深く愛するのは それが
わずか一日の命だからだ。
もし不死のものであったなら
もはや愛することもないだろう。

失われるものすべて、去ったもの、過ぎゆくものは、
喜びよりもすばらしい悲しみをわたしに残す。
ああ、悲哀の言葉を
知らない歓喜よ。

愛しい人よ、わたしは君を愛するべきなのだ、常に、常に……
君はただその時々だけわたしのものだった！

カルロス・ルイス・サエンス（一八九九―一九八三）

詩集：『希望の根』、『喜びの記憶』、『明《みん》の書』

来る風

同志たちよ、待て、
激しく吹き付けるこの風が
都会から田舎へと
メッセージを運んでくれる！
刺すような臭い、
血のそれだ！
猛烈に疾駆する
その荒々しさ。
その声を聴け、
われらの戦いの声の
兄弟だ！

猛々しく、こぶしを挙げて、
挨拶を送れ！
英雄的な響きの
新しい賛歌をまとってそれは
遠い
街からやって来る。
労働者たちよ、立って、
そのメッセージを受け取れ、
風が過ぎる時、
糧なき奴隷たちに蜂起せよという。

ぼくは持っていた

ぼくは星々を持っていた、
街の井戸に、そして草の陰に
二匹のおとなしいコガネムシたちを。

ぼくは黄金の雲を持っていた
鐘楼の上に、
そしてオレンジの木に鳥たちがいる巣を。

ぼくは足に風を持っていた
裸足で駆ける時に、
そして市場まで駆けていく藁の子馬を。

ぼくは見晴らし台を持っていた
ほっそりとした高いイトスギの木に、
そしてぼくの枕には
愛に満ちた柔らかな胸の一羽のハト。

ぼくは眠れぬ両の目に一輪の夢の花を持っていた、
そして高い空に消える
小さな声を持っていた。

ぼくは鐘を持っていた、
塔を、
村を、
そしてぼくの兵士の胸に軍鼓を持っていた。

ぼくはお姫様を持っていた、
奇跡を乞い求める、
あの三賢王[5]よりも豊かな富に恵まれた人を。

ラファエル・エストラダ（一九〇一―一九三四）

詩集：『足跡』、『感傷的な旅』

わたしは心の器を開いた

わたしは心の器を開いた
愛よ、おまえに会うために、
そしてふたたび心を閉じた、
愛よ、おまえがいなかったから！
子供のころ、わたしはひと粒の種をまいた、
すてきな種を、壺のなかに。
そしてそれを見ようとしたとき、
そしてそれを見ようとしたとき……
種は見つからなかった。
種も壺も見つからなかった！

月は白く照らす

月は白く照らす
静かな市を、
わたしの心のように。

空中にはいくつもの震える音があり、
いくつもの秘められた歌がある、
わたしの心の内のように。

雲たちが静かにゆく。
荒れるようならそれらを恐れたまえ、
わたしの心に対するように。

聖なる鳥たちが
樹上で眠っている、

わたしの心の内のように。

そして夜全体が明るくなる、
夜がそうであれるかぎり、
わたしの心も同じだ。

太陽の姿は隠れた、
しかし月は輝いている、
わたしの心の内のように。

夜はすでに広げている

ジプシー女のマントを
夜はすでに広げており、
朝明けの
鼓動が感じられる。

幻たちがやってきて
心を撫でさする、
そして無為に
時を過ごす者たちがいる。

しかし夜明けが訪れると
魂たちが訪れはじめる。
そして時は物思いにふけり
穏やかになる。

そしてわたしはこの瞬間
ただ時を過ごしている。
しかし物を書くことで
自分のダイヤモンドを磨いている。

フランシスコ・アミゲティ（一九〇七―一九九八）

詩集：『詩集』、『フランシスコと道』

場末

家並みは野の緑へと向かい、
用水路の傍らで終わる。
そしてある日、今は蝶たちをはらむ風が住む
場末も失われている。
そのとき用水路は地面の下に閉じ込められ
汚れにまみれて呻くだろう。

それでも場末の子供たちは
底にいっぱいの空を湛えた
別の用水路を見つけるはずだ。
かまわない、逃げていくハチたちのように

路面電車が遠くで音を立てていようとも、
もし森が彼らに青さを贈る
隣人であるというのなら。
そして牛が牧場《まきば》に下るように
夕べがいつも降りてくるというのなら。
一方、家並みは窓に明かりを点していた
夕べを眺めている。

窓

窓のおかげで建築家たちは画家になった。
窓が壁にかかる
ただ一枚の絵となる家がある。

風の色の窓がなければ
われわれは窒息してしまい、人間でいられないだろう。

牢獄に閉じ込められた者たちにさえ
それは一片の空と一掬《いっきく》の光を与える。

窓があればわれわれは完全に囚われずにすみ、
太陽と月を望むことができるだろう。
というのも　たとえそれを呪ってみようが
人間はだれもが詩人であるからだ。

窓があればわれわれは神の顔を拝めるだろう。
唇は苦く心が冷え切っていたとしても
窓を覗けばわれわれは祈るだろう。

ニューヨークに雨が降る

ハーレムに雨が降る。明かりの点った窓たちが
雨粒が落ちるのを熱心に見つめる。

今また六月の中央アメリカでも
風景はエナメルの湿った緑であり、
わたしの記憶が囚われ生きている市を
雨が銀の壁で閉じ込めている。

いつもは月を見る開いた窓から
今日は山を渡っていく稲妻を見ているが、
その長いまつげは椰子のように震えることだろう。
その細い肩は椅子で休息し、
その疲れた手は膝の上に眠る。
わたしの傍らにいる彼女をそのように思い描いたものだ、
そして今日　わたしはここから、ハーレムからこの夜を見つめている、
金色の窓に雨が降りしきるこの夜を。

イサアク・フェリーペ・アソフェイファ（一九〇九―一九九七）
詩集：『死に臨む夜』、『歌』、『日々と領分』、『歓喜の頂』、『軌道』

おまえの心臓は果実だ

おまえの心臓は果実だ
おまえがキスするときその蜜を滴らす。
おまえが愛撫するとき　その手は
おれの肌のうえに芳香をふりまく。

おれを抱けばおまえのからだは小枝になり、
風のなかで愛がうたう。
そしておれの魂は予期せぬ春の
水路のようにあふれだす。

ああ残酷な冬よ、

今おれには分かる、おまえの雪と空虚が
この喜びの密かな路だったのだと。

歓喜

わたしの国はすべての場所にまぎれ込んだ
このいかにも小さな場所。
わたしの歩みのなかのごく小さくみすぼらしい場所。

自分の裡を彷徨っていて
わたしは不意にそれを見つけた
それはまるで視線の内を振り返るよう、
盲目となるよう、
心臓がやぶれて
自らの血管を流れはじめるようだ。

わたしは自分の血に入る、そう、だが風景に向け出ていく、
記憶へと、
村の穏やかな空気へと、変わらぬ町、
わたしの町へと、
みんなの空へと。ああ何と嬉しいことだろう!

住人たち

三百匹の野犬が住人たちの清潔を保つ。
こちらで漁師たちが船を洗い、砂浜では
牡蠣たちが腐敗していく。
嘘っぽい家並み、廃物、泥また泥、
笑みを知らない子供たちがつばを吐く。
幼子のイエスはいつか子供たちに
黄金の魚をもたらすだろう。

三百匹の野犬が住人たちに向かって吠える。
幼子のイエスはもっと多くの犬たちと
もっと多くの子供たちを連れてくるだろう。

フェルナンド・ルハーン（一九一二―一九六七）

詩集：『海辺の土地』、『子供の詩』、『旋律の賛歌』

漁師

漁師よ、わが漁師よ、
バルで飲むのをもうやめて
海の硝石で
おまえの心を満たせ！

もう飲むんじゃない、漁師よ！

見ろ、空がどれほど青く
海がどれほど碧いか！

おまえの釣り針の先に

おまえの苦悩を引っかけてやれ！
漁師よ、もう飲むんじゃない！

灯台塔

ぼくは塔から北を見る。
遠くで松林が
地平線に塔をなしている。

ぼくは塔から南を見る。
海がぼくの血に青い
潮風を送る。

ぼくは塔から東を見やる。
ぼくの恋人が山で

緑の松に登っているだろう。
そしてぼくは西の湾を見やる。
いつまでもぼくを
この塔に籠らせておいてくれ！

市に戻るとき

市に戻ったら、
海の男たちのように
ベルボトムのズボンをはいた、
ぼくを皆が振り返るだろう。

波間の泡で
人魚が刺繍をしてくれた
この絹のシャツを着る、

ぼくを皆が羨むだろう。
市に戻るとき、
この胸には
海星を飾るのさ！

コスタリカの国鳥、クロウタドリ

エウニセ・オディオ（一九一九―一九七四）

詩集：『地上の諸要素』、『火の移ろい』、『曙光の土地』

曙光

怯えた心の
曙光。

そしてサンダルの木の葉のあいだで、
静かな、
冷たいとさかを裂き
淡い、
火と燃える、
そして色の
開かれたもの。

心の内に生じた果樹、
ヒバリたちの窪みを
その日のために傾ける。

指が焼ける歓喜の肉体
バラ色の曙光が鉱物をまとって行く。

むき出しのユリが背高く伸びる、
落ちてきた風が地面の芽吹くところで
たちまち芳香になろうとする場所で。

光がそよ風を幻惑するその場所で、
落葉した唇の青い牡牛が
すり減った光の縁飾りを食い荒らす。

何者かがわたしの脇をかすめて行く

何者かがわたしの静脈をかすめて去り
花と唇のあいだに溝が開く。

つまり夜が訪れるのだ
愛とナイチンゲールの列を伴って。
その青い、湖の蹄を曙光は濯ぐ、
その肌を霧のもとで、
そして傷ついた早起きの羽根の触りも去る。

そして惑星の未来の到着に備えて、
始まりの闇、
冷ややかなクリスタル、
沈んだ光の静けさとなる前に、
夜は風のものとなり、暗い新芽となる。

ビルヒニア・グルテル（一九二九―二〇〇〇）
詩集：『わたしの手を取って』、『この世界の詩』、『揺りかごと戦闘の歌』

来てください

広大な海を前にしてわたしはあなたを待つだろう
甘い夢は長い道のりで失われたけれど。

わたしの華奢な指は砂を弄ぶだろう。
貝殻のように、苦痛の時が訪れるだろう。

広大な碧い海はわたしに腕を差しのべるだろう。
その長く冷たい舌はわたしの歌を覚えるだろう。
赤や灰や白の一番きれいな服を着て、
わたしは座ってあなたを待ち、鳥たちを眺めるだろう。

まるで岩そのものや、貝殻や、夕焼け雲のように
わたしの体がしだいに風景に入り込んでいくだろう。
親しげな温かい砂浜はわたしを見つめつづけるだろう、
静かで空気の澄んだ昼下がり、
あなたがやって来るまで。

白いラン

果実と樹枝からなるわたしの空に
白いランよ　あなたは不意に生まれた。
期待もせず望みもしないなか
あなたは宵越しの白さを開いた。
悲嘆にくれる種をここに運んできたのが

どんな気まぐれな風だったか誰が知ろう……

おそらく南風でも、北風でも、
同じこと……あなたの白い炎が気になったのだ。

来てくれたのが無意味ではないことが大事、
罪深く純潔なあなたが。

月の花弁、ワインの心臓、
エメラルドの葉。

窓

あなたはわたしと同じく二つの乳房を持っていた
そしてわたしと同じように長い髪を
そしてわたしが望んだように紅をさした唇を

そしてわたしと同じ花柄の生地の
わたしと同じスカートをまとっていた
そしてわたしと同じサンダルを履いていた
そして二人の警官に引かれていった
そして通りの真ん中で叫び声をあげた
そしてサンダルを引きずっていた
そして両の足から血を流していた
そして家のなかから祖母がわたしを呼んだ
そしてやって来た
そして窓を閉めた
そしてわたしの髪をつかみ
部屋のいちばん暗い隅に連れ込んだ。

カルロス・ルイス・アルタミラノ（一九三四―一九九九）

詩集：『夢の埋葬』、『叫びの絆』

市が倒れていく

赤茶けた屋根の
市が倒れていく、
ぼくの魂から南へと
影を延ばしながら。

そしてほとんど止むことのない
煙の震えのなか、
遠い往来の
のどかな音のなかで、
君の美しさは静かで
これまでになく近くにある。

可憐な花

小さい可憐な花よ、
夏がおまえを打ちのめしに来た、
その激しい風で
おまえの小さな花びらをぼくの前で散らし、
山の恐ろしいハチドリのように
おまえのかぐわしい蜜をぼくから奪う。

可憐な花よ、この前のような夏は
滅多にない、
この上なく美しく物憂い夏、
ぼくの手のなかで君は動かずにいた、
風と太陽と寒気が相手の
狂気の尖兵のように。

おはよう

おはよう、愛しい人よ、おはよう、
ぼくらが遠く離れていたとしても。
つまり、夜明けとともにぼくの挨拶が生まれ、
遠くからでも甘美な浅黒い挨拶を
君の唇で返してくれるのを知っているから。

浅黒い西風がやってくる。
いくつもの浅黒い巣の上に
太陽が浅黒い音楽の種をまく。
浅黒いチョウたちが
花々の浅黒い香りを日にさらす。
今朝の愛は浅黒い色をしている。
今日は世界が浅黒く明ける。
おはよう、愛しい人よ、

浅黒いおはよう……

アナ・アンティリョン（一九三四―）

詩集：『火の巣窟』、『混沌の悪魔』、『煌めく』

大海の水はわれらを永遠に分かつ

反復可能な出来事が
不可思議なイメージを回復するとき
荒々しくて鎮めることのできない
大海の水はわれらを永遠に分かつ。

わたしの心は物思いにふけり
分け進む者を迷わせる
過去の奇妙で緩やかな道を二つに分ける
船とひとつに結び合った。
帆と竜骨のある
入江でそれを求めているのは幻なのだが

向こう岸を映し出しつつ
わたしは波のただなかにその船の姿を見る。

けれども傍らには波が広がる。
幻想の暗礁を乗り越え
わたしの船で遠ざかるものを
わたしは理解する。

頂への道をたどりながら

頂への道をたどりながら
わたしは疲労の無数のしるしを数える。
地平線のどれもが近くなるゴールの
絵のように浮かんでくるが
近づこうとすると彼方の実体である
あの山頂から遠ざかってしまう。

洞窟の目がわたしを見つめ
隙間から植物が芽を出している
石の境界へとわたしは分けいる。
そこには緑色の
ツタが冬を越す時間を縁取るように這い
わたしの脊髄をめぐる。

あなたはいるべき場所にいて遠くにある

あなたは沈黙の示唆するものに囲まれ
自分のいるべき場所にいて遠くにあり
冷たく影と自分を取り違えている。
そうやってわたしを受け入れようとするのを感じる
それでわたしもあなたの名前を口にして心を乱し
自分のおく手の弱さを確かめている。

あなたが近づけば分別は説得されるだろう
閉ざされたわたしの情熱の扉を開くよう。
自らを閉ざすのは呼吸を止めることだ。
わたしはあなたが観念的で決断の人であるのを認める
それであなたはわたしの心に触れる。わたしは不安になる！
わたしは思考の泉を止めてしまうのだ。

カルロス・ラファエル・ドゥベラン（一九三五―一九九五）

詩集：『地上の楽園』、『野生の天使』、『夢の駅』、『刻まれた時』、『起源の石』

秋

静かなジャガー、黄色い足跡、茂みの
暗闇の音。ゆっくりと、
残酷に、少し前は明るかった火が消える、
おまえはかつて必要とされていた。おまえの諦めの色、
おまえのあらゆる転倒の痛ましい知識は
深い喜びだ。今は
それ自身の困窮のなかに力を見出し
すっくと立って夜を待つ幸福な者。

おまえの破れた服は
あらゆる悲惨の敗者の黄金だ。

道端に落ちたおまえの皮膚の切れっぱしは
国を追われた者に光の記憶を運び、
慎ましやかな木が憂いもなく裸形を立ち上げる。
おまえの引き裂かれた手は九本の新しい根だ。
待ち焦がれ夢見る幸せな者。

その苦悩から光輝を引き出し、
決断し、再生するあらゆる心のうちに
尽きることない火のバラが花ひらく。

街々

冬が来て、すでに通りは
峰々の溶けた青と
空の灰色のなにがしを帯びている。市民らが
行き交う、あくせく働く

彼らが残すのは、みすぼらしい映画館の
スクリーンの、擦れて薄れた、ぼやけた
映像のようなもの。いつも残るのは染み、
時折は痕跡、貧しいが精いっぱい生きた
ある物語の愛なのだ。
時間によって銅張りされた
そこらの板壁に見られるのも、
あの遅い刻限の街角、そこを通り過ぎる
まるで霞のような通行人だ。

わたしはこの市を知っている

わたしはこの市を知っている、その通りを、その歩道を、
そこにあって、内なる時間で時代遅れと宣告されるのを
待っているような家並みを。あまりに慎ましく、
あまりに安定し、寄る辺なさに馴れ親しみ、

堂々としていて、いつもその緑の詩の葉っぱを
編んでいる、夕暮れの孤独と親しい
暗い木々を。
わたしはこの市を知っている、ここはわたしの迷宮なのだ。

ラウレアノ・アルバン（一九四二―）

詩作品：『秋の遺産』、『終わりなき旅』、『アメリカの見えない地理』、『驚異の事典』

秋の頂点

もっとも遠い孤独のうえ
そこでは大地が自らの輝きを忘れ
秋がその最後の星々を砕く。
そこでは雪が炸裂し
鷲が力尽き、
血のダーツ、偶然へと向かう。

物たちのあいまいな確信が
尽きる場所で
きらめく素早い
沈黙が、

青に染まった
震えが、
光と記号と神々の
垂直の奇跡が
絶えず深淵に向かって上っていく。

正義の石

これは法、魂という。
地でも天でも
魂は終わらない。
魂はわたしが人間に
授けた音楽、
人間が自らの驚きの
眩暈となるようにと。
人が

種子や奇跡を砕き
パンを作るようにと。
おまえの魂のほかの法はない。
おまえの魂の用心深い乾きは
おまえの夜に火を付けるための花だ。
わたしは預言者に
火事の板を、
石を貫けるほどの
言葉を与えた。
しかしおまえが、おまえの眠りでもって
わたしの歌を刻んでいくのは、
おまえの魂の大理石だ。

これは法だ、おまえの魂という、
あらゆる言葉の
あり得ない均衡だ。

フリエタ・ドブレス（一九四三—）

詩集：『地上の足跡』、『パンドラの犯罪』、『記憶の家並み』、『悔いる者たちのための詩』、『隠れた葉』、『光彩の詩』

旗

わたしたちは深い沈黙に刃向かう
言葉たちの旗だ。
わたしたちに経糸をつなぐ
誕生と死の
二つの闇のなかで
解き放たれた永遠の情熱。

避けられぬ風に揺れてやろう。
そして刹那の、しかしとても美しい、
無防備な、しかし執拗な、

致命的な、しかし愛に満ちた
刃先でわたしたちもきらめけるように。

わたしたちは言葉だ、
移り変わりを、
情熱を、記憶を、予兆を口にする者のように。
完徹されることを求めて、
輝き、翻る言葉なのだ。

遠い彼方から

わたしたちは瞬く遠い彼方の存在、
それぞれの出発が、それぞれのあきらめが、
不在のなかで引き延ばされた
死の試みを成している。

そして活力にみち混沌としながら、
積み重なっていき、
遅い影のように
長く伸びたわたしたちの生活を
スミレ色に、青に染める
抑えた、
深い悲しみを生みながら。

しかし何度でも生まれてこよう。
一つの愛、一度の帰還、
不意の出会いを前にしての、
あるいは思いがけない記憶の
一瞬の予感のうちの、
歓喜のおののき。
それ故に、入り日の空から
稲妻のように発せられた
オレンジ色の黄昏、

それとも雨の抑えた声、
それとも湿ったこの上なく甘いイチゴという
唇のうえの
思いがけないキス。
一切が日毎にぼくらを造る
ささやかな誕生なのだ。

こうして、死と誕生の、
誕生と死のはざまで、
生はわたしたちに
その恐るべき美を刻むのだ。

ロドリゴ・キロス（一九四四—一九九七）
詩集：『生まれた後に』、『時間の擁護』、『光のなかを手探り』、『血の高み』

夜明け

ぼくは夜を前に目覚めた。
何があったのだ。
静寂をこれほど熱くしたのは何者だ。
ただ、空気だけが
ぼくの身体のそばにあったのは何故だ。
風の黙々たる旅に
苦悩の木霊がこれほど聞こえたのは何故だ。

あなたはすべてを知っていた

主よ、あなたが今にも吹こうという風で
わたしを待っているとは思いもしなかった、
しかしあなたはそこに居た、霧雨のなか無欠で、
足首を悲しみの道に断たれて。
そして微風の千の軍勢は
わたしの骨をなだめ、
黄昏でわたしの血に接吻し、
あなたのつい先程の振舞いで
日々わたしの大きさを引き上げる。

小鬼や、しくじりや、おもちゃと共に
あなたの界隈に暮らしたあの男の子の
すべてをあなたは知っていた。

そして愛が壊れた時、あなたはわたしを鋼に変えた。
もっとも慎ましい花を、
いくつかの手のもっとも甘美な灰を選び取る金属に、
風に身を投げ、あなたの口から発する言葉さえ
その風に従わせる金属に。

バラが見るもの

バラは露のなかで命を燃やす、
つかの間それを見ようと
足を止める幸福な目のなか、
そこに雲が巨人や
いたずらな子供を描く
空を眺めることに。
その花びらも散るだろう。
萎れて冷たくなり、

周りを囲う土の
粒を数えることになるだろう。
けれどもバラには秘密がある！
まばらな茂みに、
あるいは弱いミミズの弱い動きに、
わたしたちと同じく、神を見ようとしているのだ。

カルロス・デ・ラ・オサ（一九四六―二〇一三）

詩集：『出版認可』、『赤い月のための歌』、『この稀なる夜に』

薔薇水[6]

ぼくは黄金色のバラの水を売る、
白バラの
褐色のバラの水を。

上等の薔薇水の壺だよ、壺はいかが！

ぼくは独り身の男たちのために歌を運ぶ、
灰色の、
壁の向こうに暮らす男たちのために。

良い心のための良い水の壺を、

薔薇水を、ぼくは毎朝売る。
ぼくは自分の壺を抱えて夜に入る。
そして夜明けに馬にまたがり、
道に
まき散らされた花のうえで眠り、
バラのなかに蜜を、
滝に水を探し求める。

秋の光

比べるもののない程ほっそりとした
秋の光、
南に向かう黄色い鳥たちの飛翔。
湿って冷たいアローカリア[7]の老木たち。

抑えられない魔力のせいでもう何日も雨が降っている、
大地の蒸気が立ち上って
金属のアローカリアの
樹皮と枝が
紙の花に、
紙の小舟に、
紙の飛行機に、
紙の白鳥に香り付けをする。
秋の光を浴びて眠ろう
秋の光の傍らでぼくにキスしてくれ。

湿って冷たいアローカリアの老木たち、
比べるもののない程ほっそりとした。

コスタリカ中央渓谷の森林

カルロス・フランシスコ・モンへ（一九五一―）

詩集：『豊かな時間』、『褪めたインク』、『不完全の謎』、『日陰の寓話』

緑の祈り

われらとともに坐《ま》す緑の母よ、
あなたの光と影をわれらに与えよ。
母よ、あなたの声と沈黙を、
舞踏と静謐を、
森の抱擁を、
海と黎明の光を、われらに与えよ。
来たれ、母なる水よ、来たれ。あなたの河を
流れさせよ、あるいは澱ませよ、
嵐に大呼させよ。
波間を漂う時間の恩寵が、
鳥のごとく暁にわれらのために歌わんことを。

燃えさかるあなたの心のなかにでなければ、
母なる火よ、あなたの子守唄は、
常に夜明けである
黄昏の黄金の護符は、どこで生まれたのか。
それに星々の音楽、
言葉たちに照らされた森は、どこで。
母よ、あなたの大地を、われらに口づけを惜しまない
あの温かな天使を、われらに与えたまえ。
あなたの砂、あなたの石、狂える妖精のように
われらを追う恋する塵を。
今も、そしてわれらがこの豊かな歴史を、
これらの寓話を集める時も、
海を航《わた》るための風を、颶風《ぐふう》を、
穏やかな風を、あなたの息の一吹きを、われらに与えよ、
われらとともに坐すあなたよ、
影の緑の母よ、
光の緑の母よ。

悲しき箏

幸福は
まるでこの悲しい古箏のようだ。
それは細くて、乾いている、
埃のごくかすかな音の前で止まって、
害獣たちを追い払い、
その抜け目ない眼差しでぼくたちの足運びと足跡、
わずかな光、手の震え、
灰を見張っている。
そして猫たち、猫たちが、
いきなりどちらからとも分からず、
路地で出くわすのをどれほど恐れていることか。
けれどもそれは年を取らず、暦とも縁がない。
しつこく掃き、歩きまわり、
肉体から肉体へと跳び、斜に構えて、

サイクロンの接近、それとも軽い一撫でに
時折り身動きできなくなり、
絶望することなく待ち、生きながらえる、
その片隅の悲しい箒のように。

自転車乗りたち

自転車に乗るのは、宙吊りになって
運ばれてゆくのはすばらしいことに違いない。
愛に燃える、
崖っぷちで惑うことなく、
強い風に抗う、
あの気まぐれな人々は
気高い丘を登り降りし、妬ましいまでに軽々と
小道を外れ、
その肉体を、呼吸術のために

創られた生き物を享受する。
その回転に、そのしっかりした脚に、
その時間から回復する自由に、
少数の者たちだけが認める
線が見つかるはずだ、
一方、他の連中は光に透かすように、
あの消えてしまいそうなトルソを、タイサンボク[8]と影と
並木道とのあいだに見ている。
そしてあの逃げたいというあの願い。
無理強いする美への悔いという
行為へと均衡を変えること、
宙吊りになるということ、
そして未熟のなかを旅し、自転車から
わたしたちに声を掛けてくる
あの大胆な影に目を留めることの魅惑。

ロナルド・ボニーリャ（一九五一―）

詩集：『愛を交わす手』、『石の標語』、『攻囲に抗する日』、『時に影はないのだから』、『加入票』

サーカスの女に

興業の果てたあと
君がぼくを愛してくれようと、
背を向けようと、キスしてくれようと虚しい。

君の考えていることは分かっていて
それはぼくにとって愉快なものでない。

サーカスの終わったあと
君が火を吐くのも
身悶えするのも

曲芸を披露するのもぼくは好きでない。

ぼくの血とぼくの言葉のあいだで
釣り合いを取っている君を見たいだけだ、
ぼくの寝室にある写真のように、
ぼくを愛してくれた時の
質素な服に身を包んだ君を。

風の言葉

言うがいい、痛ましくも風が、行きがかりで、
おまえの道をねじ曲げたのだと。

だが、ぼくたちはいかなる暴力で成り立っているというのか、
いかなる塩、いかなる轟く砂で。
いかなる不吉な西風に、いかなる朝に、

これらの最初の蕾が散らばったのか。

言うがいい、風が木胴でうなりを上げると、
おまえを引きずる手に負えないキホンゴ[9]で。

希望の血を流すのはいかに困難であることか。
川辺のオークと幾重もの峰の
強い願望を満たすのは。
もはや生の草原に縛り付けられたくないのだ。

散らばるどの葉っぱからぼくたちは作られたのか、
どのトウモロコシから、塩泥から、
軟らかくて凄まじい糞尿から。

言うがいい、風は
神に眼差しを返す、
この遠方の光を貫いていく。

そして稲妻のごとく土塊を、
抱擁に至るまで反逆に駆り立てる光の
この係留索を作動させるべき場所である
天のごとき言葉を、ぼくたちに返してよこす。

言うがいい、風が
ついに平原のなかで歌っていると。

ディアナ・アビラ（一九五二―）

詩集：『夢は終わった』、『歯に挟まったチョウ』、『風の交点』、『夢の文法』

風のためにいる者

猫たちのように
音も立てずに、
わたしはあなたに近づこうとしていた、
あなたが目を覚まし、竜がわたしを食べるのではと恐れながら。

物事は、四足す二が六であるようなもの。

長い歳月の後、
わたしは一言も、
余計なことは一言も口にしなかった。
わたしは風、

水面の沈黙であり続ける。
わたしの過去はまた別の話。

わたしが望み、見つける色

わたしは色を望み、見つけ、
色を感じ、
色を拭う。
わたしは色を夢見て、
色を目覚めさせる。
わたしは色を汗し、呼吸する。
あまりに素朴な、
わたしは色を自分に見る。
石の上の、
ほぼ柔らかい、

ほぼ永遠の、
ちらと見るほかは
視線というもののない、
巨大なウズラたちの
バルコニーでの
生姜の味もする
樟脳のドア。

ミア・ガリェゴス（一九五三—）
詩集：『太陽の砦』、『選ばれた回廊』、『日々と夢』

日陰で

わたしは独り、
日陰や
愛ほどの広さの この
隠れ家との仲もいい。

死はわたしを苛まず、
耳が応えてくれる、
まるで空気中に
ヴァイオリンが繰り広げる音楽に
不平をこぼすように。

亡霊たちは今宵
逃げ出した。
そしてシビラ[10]のように
わたしは彗星に火を付け、
それを無限の空間で、
時間のもっともっと上へと転がし、
舞い踊りながら問う、
あなたは何処にいるのですか、と。

風景

海が現れる。
激しく吹く風の背後に姿を消していたが。
ふたたび滑らかで同じような波がある。
どの波もほかの波に溶けいり、
黒い砂のうえに白いざわめきが落ちる。

風がふたたび吹きすさぶ。
そして入江が姿を消す。
すさまじい突風が小さな嵐となる、
空の下に輝く
黒と金色の砂のうえで。
戯れる。
時がこの恋人たちのうえで戯れる。
タマリンド[11]の木々も海のように波打つ。
あの波頭のうえで。

樹冠で一羽の赤い鳥が木の葉を彩る。
潮が引き始める。
しかし風はやまない
一陣の風が表面をかき消す。
しかしながら内には海が横たわっている、
深くて黒いもの。しかし、わたしたちには見えない。
時がその飛翔をやめるが、

わたしたちは捕まえられない。

ニディア・バルボサ（一九五四―）

詩集：『声』、『それ伝えるのが怖くさえある』

トルソ

愛！
目を覚ますと
あなたを世界から隔てている
あのお気に入りの姿勢をとり
仰向けになったあなたを見る
そういう朝をわたしは愛する。
少なくともあと何時間かは
起こしてしまわないように
わたしはあなた自身の寝息に気を配る、
これまでもこれからも
あなたの姿勢はいつも

走ること、
高く上げること、
世界の日々の
瀕死の心臓に両手で挑むことだから。

だからわたしは目を覚まし、
仰向けのあなたを見る。
あなたの疲労の熱を
わたしの奥に収めながら
あなたにかぶさり
眠っているあいだは苦痛を
和らげてあげるのが好き。

だからわたしは先に目を覚ます、
あなたがベッドから抜け出す
前に
仰向けのあなたを

見られるように。

誕生

わたしたちは眠っていた
長いキスの
橋のうえで
そこでは夜の輪郭が
立ち止まって
自分の針路を決めた
巣で揺れていた。

あなたの口はけっして離れず
わたしの唇は
あなたの口から
けっして降りなかった……

そしてわたしたちが目を覚ました時
ベッドの縁で戯れながら
さらに何度もキスが交わされた。

ああ、愛しい人よ、昨夜は！

ああ、愛しい人よ！
昨夜のあなたはいかに大きかったことか！
夢はあなたの身体に包まれた。
あなたはわたしの乳首、
あなたの口中に広がって
辺りを棘のように突く
肉と神経の神秘の枝々で竜巻となった。
心地よく延々と回転する
あなたの舌の海の切っ先で蘇ったもの。
そこでは、あなたの川の唾液が、わたしの組織を再生し、拡張し、遍在させた。
あなたの探る愛撫のなかの細い繊維の
わたしの細胞が目覚めるあの感覚とともに。

ああ、愛しい人よ、昨夜は！

アドリアノ・コラレス（一九五八―）
詩集：『黒い市電』、『燃える斧』、『詩人の狩り』、『追想』

石は別の石に擦りつけられる

石は別の石に擦りつけられ
創り主の手で血を抜かれたモリバトを
浮かび上がらせる灯りに炎を彫りこむ。

わたしも同じくこれらの言葉を墓のなかで擦り
火のなかの最初の緑の惑星のような
焼けたイメージに光線を戻してやる。

そのように閃く愛の言葉たちは
二つの口峡に裂かれた肉体の
夜のうちに　翼のない沈黙を

衛星や恒星たちの列に綴じこみ
机上のわたしの横顔のように血を流す。

松と南洋杉[12]

松と南洋杉が椰子とお喋りしている。

一羽のサギが落ちていく光にしがみつく。

樹冠がその荒々しい身振りを泡立てる。

言葉たちは喉を横切っていく
糞尿の川や冷たい月たちと共に
頭上で掘られたこの土地の
見知らぬ神々のように。

ぼくらの風景が死んでいく
黒い太陽たちのうえの
　　　　　　白い太陽たちが
ぼくらの日々の時間のように
溢れる水の皮を剥く。

エレディア市内のロータリー広場

アナ・イスタル（一九六〇―）
詩集：『開かれた詩』、『熱狂の季節』、『母なる言葉』

わたしは昼だ

わたしは昼だ。
わたしの左胸はあけぼの。
わたしのもう一方の胸はたそがれ。

わたしは夜だ。
わたしの恥丘は物影で飲んだ
黒々としたブドウ、モモの木々を。

嵐。
風の逞しいバラ、
わたしの卵巣に受肉した絹。

懐胎したヴィーナス

満潮
わたしは湾曲そのもの。
水浴から上がる
美しいヴィーナス
尖った乳房、その花は黒々とし、
世界のように満たされ、
帆のように丸く張った
その腹部の
みごとな果肉と
横幅を
競っている。

分娩の痛みに

こんにちは、痛みよ、さあ踊りましょう。
あなたはきょう一日の
つかの間のわたしの恋人。

あなたの船の霧笛、
わたしの口中で高鳴るあなたのリング。
わたしは知っている。

ああヤハウェの獣[13]、
あなたは間近でかみつく。
こんにちは、痛みよ、
さあ踊りましょう、どうしようもないでしょ。

ただあなたの番にだけ、

あなたが怒り、燃えるのをわたしは見るはず。

そしてわたしは胸を泡まみれにし、
小さな王様をもてあそび、
わたしが生んだ子供の
黄金の声を嗅ぐでしょう。

カルロス・コルテス（一九六二―）

詩集：『想定された歩み』、『愛はあのプラトンの獣』、『沈潜した歌』、『天才チター奏者の歌』、『自画像と磔刑／虚構』、『ある遭難の痕跡』

ぼくたちは皆　王になるはずだった

ぼくたちは皆　チェリエス[14]の王様になるはずだった
文学の族長か
少なくとも宵越しのコーヒーのミューズか
ぼくたちは皆　王様になるはずだった

ぼくたちは考えた　詩は
実生活ではなくアトリエで学べると
味気のない説教のなか
真に意識的で革命的な
人間であれば足りると

ところがぼくたちは錬金術について無知だった
才能なんてすり減っていくことや
ベネディッティ[15]を読めば
あるいは自分自身を読めば
それで十分であることを知らなかった

ぼくたちは皆　王様になるはずだった
ぼくたちはまったく気付かなかったのだ
ぼくたちは一夜のうちに
多幸症から絶望へと堕ち
文学の道を歩みながら
文学に辿りつかなかったのだ

ケツァル[16]の寓意

燃える頭

炎を吐く口
風の密林の奥
　　　たいていは同時に
朝が来て夜が来て
そのあいだに新しい空のように
大地が透明で有翼の
ものになる溝のなかで
夜が明けて日が暮れるあいだに
火のハチドリが閃き
オカリナが世界の青い布を縞にする
水面に輪を作るラグーンの
濡れた葉茂みへの投石のように
静寂が生まれる
　　　ケツァル
――身の毛のよだつ万朶《ばんだ》の翼のある翡翠《ひすい》――
は人間たちのうえに内気な無垢さを注ぎ
雨となる

すべてが軒であり雨である
そしてそのように　　寄り添い生きている
　皮膚もなく　　　　　死者たちもおらず
戦争もなく平和もない　あるのは謎もしくは記念碑
それらは従順で平凡
囚われて
息絶えるケツァルのように滑稽なほど小さい
慎み深くも純真で　自分が驚いていることに驚いている人間たち
いったい誰から　見る許しを得ろというのか?
いったい誰に　これほど多くのもの　これほどわずかのもののため感謝せよというのか?

ルイス・チャベス（一九六九―）
詩集：『われわれが空想する動物たち』、『アスファルト』、『霧を作る機械』

反復

人工的な手段で
心臓の鼓動が早まる
貿易風[17]は
花粉と疫病の媒介者となる。
醜悪なるものの美について
他の者たちがよりよく語るだろう。

今おまえは誰と眠っているのだろう？
それがこれから訪れる歳月にとっての
疑問なのだ。
今日のことは背後のそよ風

そしてプラスチックを除いて
持続するすべてのものだ。

《ワック》[18]

《ワック》のなかで
夕飯の残りが冷めている。
ぼくたちは言葉を交わさず食事をした
レコードが伴奏し
鳴りつづけている。

七ヶ月も前から
真っ白な頭が
もっともな結論を出す。
一編の詩でうまく言えないことを
一曲の歌なら伝えられると。

幸福がつづくとき

母の祖父、
すっかり年取って、
磁器製の義歯におむつ、
もう誰とも見分けのつかない
孫子にかこまれて座っている。
皆が二言目には《ウィスキー》と言う。

彼の笑みが続くのは
《フラッシュ》とシャッターのあいだの
ほんの一瞬だ。

グスタボ・ソロルサノ（一九七五―）
詩集：『忘却の寓話』、『最小の財産目録』、『幸せな者は誰も書かない』

身を救うために

耳が歩みを導く、
世界の用心深い音。

すべてが日々の核心に紛れる、
ぼくたちが庇護するこの獣たちの逃走に。

悲しみは子供たちの絵本に姿を隠しており
干からびた死体のようにぼくらを通りから通りへ引き回す。

すべての顔はぼくたちの手に戻る。
旅人は見知らぬ街に戻る。

導く音がかろうじて彼を救う。

石の道

石の道。
石の教会。
石のベッド。
硬い、ただの石。
走るための道。
祈るための教会。
眠るためのベッド。
街路、教会、ベッド、石。
それらすべての重みで
避難所が建つだろう。
すべての石を合わせれば
壁が立つだろう。

すべての石を、それらを合わせれば、
ただの、硬い、
水を嫌う石を合わせれば。

G・A・チャベス（一九七九―）
詩集：『他人の生』、『ヴァラウ』[19]

ラ・ホアキナ通り[20]

近所のいくつもの坂を
本当に若い女たちが
運動がてらに
小走りに、子供たちを乗せた車を押していく。
彼女らの頭上を一羽のハチクイモドキ[21]が飛び、
その羽は空中で
ユーカリの香りを擬態する。
芝刈り機の変速ギアが
森をうならせ

空間を充血させる。

若い男女が
バスを待っているが実は待っていない、
彼らが行きたい場所は
すでに手が置かれた場所なのだから。

コーヒー農園の前に

コーヒー農園の前に川が流れていた。
やがてトラクターと住宅がやってきた。

それらといっしょに塀がやってきて
塀は歩道を食ってしまった。

そして電化とアスファルトが

古い亡霊たちを追い払った。

大地が動くごとにぼくたちは少しばかり打ちひしがれ
未来は足場の向こうで身づくろいする。

地震学はぼくたちに警告する
ぼくたちは地峡であり、分断の地になるだろうと。[22]

訳注

1　ポイポス　太陽神アポロンの別称。「輝くもの」の意と解される。

2　ドゥーブルは、十七世紀から十八世紀の楽曲における変奏。原語は英語の double に相当する doble で、あるいは、スペイン音楽のリズム、パソドブレ pasodoble（基本的に軽快な二拍子で演奏される）を想起させる。

3　オルランド　フランス語名ロラン。原文では vas Orlando とあり、呼びかけのように扱ったが、orlar という動詞の現在分詞もまた orlando となるため、繋辞動詞の ir(vas) との組み合わせで進行形をなすと考えるのが妥当。

4　ティターン　ギリシャ神話に語られる巨人族の神々。天空神ウラノスと大地神ガイアの子である十二神、あるいはその末裔たち。オリンポスの神々が君臨する以前に天地を支配した。

5　三賢王 Reyes Magos は、イエスの誕生を祝うため、乳香、没薬、黄金の贈り物を持ってベツレヘムを訪れた「東方の三博士」のこと。

6　薔薇水《しょうびすい》は、香料として用いられる淡黄色の透明な液体。バラの花弁から抽出される薔薇油と蒸留水とを混合したものを蒸留して生成される。

7　アローカリア　ナンヨウスギ科ナンヨウスギ属の常緑の高木。南アメリカおよびオーストラリアに分布する。

8　タイサンボク　モクレン科モクレン属の常緑の高木。コスタリカでは、標高二、五〇〇メートル程度までの高地に生育する。

9　キホンゴは、コスタリカやニカラグアで用いられる先住民族由来の弦楽器。木胴に張った弦を棒で叩き音を出す。

10　シビラ　神託を受ける古代の巫女。

11 タマリンド　マメ科の植物。常緑で、二十メートルを超える高木となる。果実は食用とされ、清涼飲料の原料に用いられる。

12 ナンヨウスギ、別名アローカリアは、中央アメリカから南アメリカにかけて、またオセアニアに分布する針葉樹。高さ数十メートルの高木になる。

13 ヤハウェの獣　旧約聖書の『ヨブ記』や『イザヤ記』に語られる、海の怪物レビタヤンのこと。

14 チェリェス Chelles は、コスタリカの首都サン・ホセにあるカフェテリア。詩人をはじめ、多くの芸術家たちが出入りすることで知られる。

15 マリオ・ベネデッティ Mario Benedetti（1920–2009）は、ウルグアイの詩人、作家。作品に詩集『その間だけ』*Sólo mientras tanto*（1950）、小説『モンテビデオの人々』*Montevideanos*（1959）など。

16 ケツァルは、キヌバネドリ科の鳥。メキシコのユカタン半島辺りから中央アメリカ一帯にかけて生息する。全体は絹様の光沢がある濃緑色だが、腹部は赤い。オスは長く美しい尾羽を持つ。古来、神聖な鳥として尊ばれてきた。

17 貿易風　熱帯域から赤道付近へと向けて定常的に流れている気流。北半球では北東から、南半球では南東から吹く。

18 ワック wok は中華鍋のこと。

19 ヴァラウは、ドイツ、ヘッセン州の町の名。同時にアンナ・セガースの『第七の十字架』の登場人物でもあり、詩集では、それを捧げた詩人の亡父を指す。

20 ラ・ホアキナ通りは、詩人の故郷エレディア市にある小さな通り。

21 ハチクイモドキは、ハチクイと同様、ブッポウソウ目に属する鳥。中央アメリカおよび南アメリカ北部に生息する。青、緑、赤褐色などの艶やかな羽根を持つ。

22 南北アメリカ大陸を結ぶ地峡に位置するコスタリカは、度重なる大きな地震の被害に見舞われている。

訳者あとがき

このアンソロジーの編者カルロス・フランシスコ・モンへは、一九五一年にコスタリカの首都サン・ホセに生まれた。マドリード大学で文献学の博士号を得ており、現在は、エレディアにある国立大学で文学の教授を務める。二〇〇六年以降、コスタリカの言語アカデミーの会員にも名前を連ねていて、スペイン言語アカデミーの通信会員でもある。

一九七二年、十九歳の時に十二編の詩編からなる処女詩集『天体と唇』を発表して以来、『闇の足元で』*A los pies de la tiniebla*（1972）、『驚異の住人』*Población del asombro*（1975）、『鼓動の王国』*Reino del latido*（1978）、『豊かな時間』*Los fértiles horarios*（1983）、『消えたインク』*La tinta extinta*（1990）、『不完全の謎』*Enigmas de la imperfección*（2002）、『陰の寓話』*Fábula umbría*（2009）、『無防備都市のための詩』*Poemas para una ciudad inerme*（2009）、『緑の祈り』*Oración verde*（2013）、『あのすべての何ものでもない』*Nada de todo aquello*（2017）、『町の写字生』*El amanuense del barrio*（2017）、『野天ノート』*Cuadernos a la intemperie*（2018）といった詩集を出してきた。これらの詩集では、ほかの多くの詩人たちがそうしてきたように、われわれが存在する意味を歴史や現代社会の抱える問題に照らしながら、真摯に問い続けている。

コスタリカの詩史に大きな足跡を刻んでもいる。ラウレアノ・アルバン、フリエタ・ドブレス、ロナルド・ボニーリャとともに発表した『超越主義宣言』*Manifiesto trascendentalista*（1977）がそれである。一九七四年にアルバンが中心となって起草されたものだが、カント哲学の用語や十九世紀にアメリカ合衆国でエマソンが唱えたそれと同じ名前を持つこの詩的創造の運動は、厳密な美学に則って練り上げられたメタファーとイメージの重視を唱えて、以後十年余りのコスタリカ詩を牽引することになった。九〇年代に入ると、超越主義の詩が宿命的に持つ難解さとすでに陥っていた硬直への批判として日常言語の使用に訴える会話主義conversacionalismoが広く支持を得て、新しい世代の詩人たちが登場する。この頃からモンへ自身の詩も、洗練された表現の追求から、日常世界にある身近なものたちの呼びかけに耳を傾ける姿勢を強めて、もっと明瞭なものに変化している。

モンへは詩作に傾注しながら、アンソロジストとしても辣腕を振るってきた。これまでに『コスタリカ詩の批評的アンソロジー』*Antología crítica de la poesía de Costa Rica*（1993）、『コスタリカ詩選』*Costa Rica: poesía escogida*（1998）、『現代コスタリカ詩集』*Contemporary Costa Rican Poetry*（2012）、『コスタリカの散文詩』*El poema en prosa en Costa Rica*（2014）を編んでおり、このたび、この『コスタリカ選詩集』が新たにそこに加わった。アンソロジーの編纂というこの労多い仕事には、自国の文学が他のスペイン語圏諸国のそれに比肩するものであることを広く世界に知らしめたいという詩人の熱意がうかがわれる。

他方、スペイン語圏の文学研究者として、『分断されたイメージ』*La imagen separada*（1984）、『トネリコの枝』*La rama de fresno*（1999）、『コスタリカにおける文学の前衛主義』*El vanguardismo literario en Costa Rica*（2005）、『領土と創造』*Territorios y figuraciones*（2009）、『文学的解釈学の導入の諸相（およびそのコスタリカ文学への適用）』*Aspectos introductorios de la hermenéutica literaria (y su aplicación en las letras costarricenses)*（2016）などの評論を著してきた。一九五〇年から八〇年にかけてのコスタリカ詩に現れたイデオロギーを分析する『分断されたイメージ』をはじめ、いずれの著作でもコスタリカ文学の世界のそれにおける普遍的な価値を確立させようと精緻な論を展開している。

例えば、マドリード・コンプルテンセ大学に提出された博士論文『コスタリカ詩における詩の美学的規範』

Códigos estéticos de la poesía en la poesía de Costa Rica（1991）では、コスタリカ詩の時代区分を試みた後、それぞれの時代の詩を司った美学上の規範をつまびらかにしようとしている。その目的で提言されているのは、「モデルニスモ」el «Modernismo»、「ポストモデルニスモ」el «postmodernismo»、「プレアヴァンギャルド」la «prevanguardia»、「アヴァンギャルド」la «Vanguardia»、「社会詩」la «Poesía Social» の五つの区分だが、このような視点を通じて、コスタリカ詩がラテンアメリカ詩の全体とほぼ同じ歴史をたどってきたことが理解される。

十九世紀のロマン主義の覇権を引き継いだ「モデルニスモの時代」と区分される二十世紀の最初の四十年間は、他のスペイン語圏諸国と同様に、ルベン・ダリーオの影響が絶大であった。むろん、その源泉となった文学的背景は多様で、ゴンゴラらスペイン黄金世紀の詩人たち、ボードレールら十九世紀後半のフランスの象徴主義者や耽美主義者たち、場合によっては、ウォルト・ホイットマンにも求めることができるだろう。以後の時代の詩人たちにも同様のことが言える。エズラ・パウンド、T・S・エリオットら英米詩人、アントニオ・マチャードやフアン・ラモン・ヒメネス、フェデリコ・ガルシア・ロルカら二十七年の世代、ハビエル・ウルティアらメキシコの『同時代人《コンテンポラネオス》』のグループ、ビセンテ・ウイドブロ、セサル・バリェーホ、パブロ・ネルーダら前衛の詩人たち、アントナン・アルトーとアナイス・ニン、ジャン・ポール・サルトル、アルベール・カミュらフランスの作家たち、詩論『弓と竪琴』を書いたオクタビオ・パス……。

ここに拾いきれないが、コスタリカの詩人たちのインタヴューや作物を読む時、彼らが読書の対象として口に上らせる名前は幅広く、イスパノアメリカやスペインの、あるいはヨーロッパや北アメリカの、時にはアジアやアフリカの新旧の詩人や作家たちのそれが挙がる。

つまり、それは世界文学の伝統を成すものなのだが、彼の地の複数の詩人が、自分たちの詩がそのなかに含まれないこと、もしくは埋没していることを憂慮している。日本文学やスペイン文学と、韓国文学やロシア文学と発する時のように、「コスタリカ文学」と国名を冠してその文学を指し、実態を示そうとする時、ある種の言い淀みが生じる。つまり、ラテンアメリカ文学、イスパノアメリカすなわちスペイン語圏アメリカの文学という呼び方は、今さら言うまでもなく定着しているのだが、ホンジュラス文学やエルサルバドル文学、パナマ文学やコスタリカ文学は、はたして存在するのだろうか。

むろん、それはある。しかし、ホルヘ・ルイス・ボルヘスのいるアルゼンチン文学や、ガブリエル・ガルシア・マルケスのいるコロンビア文学と同じ響きを持ちえない。言い換えると、メキシコ文学と言う時、ファン・ルルフォやカルロス・フエンテスの顔が浮かび、キューバ文学では、ニコラス・ギリェンやアレーホ・カルペンティエルがそれを背負うことができよう。そして、これらの名前は、他のいくつかの名前に置き換えることもできる。ニカラグア文学の場合、ダリーオがその役割を担い、それは長らく代替不能だった。今はセルヒオ・ラミレスがその務めを果たせるかもしれない。しかし、他の中米諸国の文学は、自国のダリーオを容易に見つけられずにいる。

コスタリカ文学については、国民文学賞にその名を冠せられたアキレオ・J・エチャベリア──ダリーオの友人であった──では難しいかもしれない。二十世紀の二人の詩人、フランシスコ・アミゲッティとエウニセ・オディオがその役に足るだろうか。しかし、前者は造形芸術家として国際的な名声を博したものだし、後者の評価は国内で遅れた。

誤解を恐れずに指摘するなら、コスタリカの文学は、スペイン語文学での独立をひたすらに求めて二十世紀を過ごしてきた。ルイス・チャベスは「コスタリカの文学上の不可視性」という言葉を用いて、総体としてのコスタリカ人作家の不在を指摘している。

とは言え、これは反語的表現と捉えるべきで、コスタリカ文学、コスタリカ詩は百年以上にわたって、その存在のための努力を為してきた。一八九〇年と一八九一年に『コスタリカの詩想』*Lira costarricense* と題された二巻が国立印刷所から出版された。副題に「コスタリカの詩人たちによる作品のコレクション」と謳うこのアンソロジーは、当時の著名な弁護士マクシモ・フェルナンデスが編んだものだが、エチェベリアや、リシマコ・チャバリア、エミリオ・パチェコといった詩人たちの作品を収めた。

ポストロマン主義のそれらの詩編は、その地方に固有の景色や生活を描写する風俗写生《コストゥンブリスモ》に支えられている。編者フェルナンデスは、ある外国の雑誌での座談で「コスタリカでは詩ではなく、コーヒーばかりを作っている」と揶揄されたのを受けて、『コスタリカの詩想』を構想したという。これを信じるならば、それは詩人の内奥の欲求ではなく、対外的な体裁を整えたいという外部の意図から生まれたアンソロジーであり、そこに載る詩編が見せる風俗写生と写実主義という特徴は、当時のコスタリカ詩の傾向をそのまま表すものではないのかもしれない。

しかし、『コスタリカの詩想』によって初めて「コスタリカ詩」という観念が成立したことは確かである。そして、他のイスパノアメリカ諸国の詩人と比肩するコスタリカの詩人の誕生、スペイン語詩のなかでのコスタリカの詩の確立という願望が、その後のコスタリカ詩の底流に流れることになったとしても不思議はない。

十九世紀初頭までスペインのヌエバ・エスパーニャ副王領下のグアテマラ総督領の一地方であったコスタリカは、一八二一年に自ら独立宣言を出すことなく、スペインからの独立を果たした。メキシコに併合されたり、現在の中米各国の大多数から成る中央アメリカ連邦共和国に加わったりと紆余曲折を経た後、ようやく一八四八年にコスタリカ共和国が成立する。この間に、その住人にコスタリカの国民としての意識が徐々に醸成されていたはずだが、そうだとしても、宗主国スペインのそれと切り離された独自の文化を容易に持ちえるものではあるまい。

まだ若いこの国の文学を体系付けようという試みの嚆矢に、一九二三年にロヘリオ・ソテーラが出した『コスタリカの作家たち』*Escritores de Costa Rica* を挙げられるが、その時でも、それは困難な仕事であったに違いない。そうした事情を踏まえたうえで、グスタボ・ソロルサノ・アルファノは、コスタリカの詩について語ることができるようになる転換点は、二十世紀に入って、ロベルト・ブレネス・メセンの『沈黙にて』*En el silencio*（1907）が出版された時ではないかと言っている。

　幸いコスタリカは、中米の他国に比べると独裁や政治的混乱の影響を被らずに済み、経済も安定して発展してきた。文化的営みに傾注する環境は整っていた。そのなかで果たされてきたコスタリカ詩の全体を示そうとする仕事を求めてこの半世紀を振り返ると、上で挙げたモンへが編んだものを除いても、カルロス・ラファエル・ドゥベラン編『コスタリカ現代詩』*Poesía contemporánea de Costa Rica*（1978）に始まり、カルロス・マリア・ヒメネス、ホルヘ・ブスタマンテ、イサベル・C・ガリャルド編『ある失われた世代のアンソロジー』*Antología de una generación dispersa*（1982）、ソニア・モラ、フローラ・オバレス編『飼い慣らされない声――コスタリカ女性詩の百の隊列』*Indómitas Voces: cien arrias de poesía femenina costarricense*（1995）、ルイス・チャベス『コスタリカの新しい詩のアンソロジー』*Antología de la nueva poesía costarricense*（2001）、二巻から成るアルマンド・ロドリゲス・バリェステロス編『詩のルナーダ――現代コスタリカ詩』*Lunada poética: Poesía costarricense actual.* Vol. I、Vol. II（2005, 2006）、アドリアノ・コラレス・アリアス編『言葉を支える――コスタリカ現代詩アンソロジー』*Sostener la palabra. Antología de poesía costarricense contemporánea*（2007）、グスタボ・ソロルサノ・アルファロ編『在りえざる世代の肖像――十人のコスタリカ詩人たちとその二十一年間の詩の見本』*Retratos de una generación imposible: Muestra de diez poetas costarricenses y 21 años de su poesía*（2010）、アントニオ・ヒメネス・パス編『中心の季節――コスタリカの詩の現代展望（一九八〇―二〇一三）』*Una temporada en el centro: panorama actual de la poesía en Costa Rica (1980–2013)*（2013）などの書籍が見つかる。不自由な出版環境――スペイン語が潜在的に四億人の読者を当てにしうるのに対して、国の総人口はマドリード州とほぼ同等――のなかで、その過半が国名を冠するが、これだけの数のアンソロジーが出版されてきたことは、コスタリカの詩人たちが、フェルナンデスが始めた仕事を引き継いで、コスタリカ詩という観念を実体あるものにしようと努めてきた証ではないだろうか。そして、この選詩集もそこに積み上げられる礎石の一基となるはずである。

本書の冒頭を占めるロベルト・ブレネス・メセン Roberto Brenes Mesén（1874–1947）は、二十世紀初頭のコスタリカ詩を革新した一人である。一九〇七年に発表した『沈黙にて』では、十九世紀後半以降のスペイン語詩を支配してきたモデルニスモを脱しきれずにいるが、独自の汎神論を打ち立て、事物のなかに精神の秘められた拍動を感じ取ろうとした。こうした傾向は、詩人を神秘主義へと接近させ、神智学協会の入会に導いたが、さらには『物質の形而上学』*Metafísica de materia*（1917）や『真実の探求の道具としての神秘主義』*El misticismo como instrumento de investigación de la verdad*（1921）などの哲学的な著作をものするに至らしめた。その思想は後年の『神々は帰る』*Los dioses vuelven*（1928）のような詩集にも反映している。

夭逝したリシマコ・チャバリア Lisímaco Chavarría（1878–1913）は、その短い生のあいだに、コスタリカ詩の発展に大きく貢献した。貧しい家の生まれで、小作農として働くために勉学も途中で放棄させられた。しかし、後に彫刻を学び、さらに国立図書館に勤務して、ルベン・ダリーオ、ホセ・エンリケ・ロド、ホアキン・ガルシア・モンへなど、当時のすぐれた作家たちの作品に触れることがかなった。モデルニスモに基づきながら、ブレネス・メセンと同様、独自の道を拓こうとしている。

上の二人よりも世代の若いロへリオ・ソテーラ Rogelio Sotela（1894–1943）は、商才に恵まれ、弁護士や代議士を務める一方、学問の世界に身を置き、雑誌を発行したり、ラジオ局を運営したりするなど多才であった。

自国の文学の体系化に取り組んだのは先に述べた通りだが、『コスタリカ文学の俊英たち』*Valores literarios de Costa Rica*（1920）は、『コスタリカの作家たち』と同様に初期の重要な試みである。さらに『ダマスカスの小道』*La senda de Damasco*（1918）をはじめとする彫琢された力強い詩編は、コスタリカ詩の源流の一つとなっている。

フリアン・マルチェナ Julián Marchena（1897–1985）は、モデルニスモから出発している。ゴンゴラやロペ・デ・ベガといったスペインの黄金世紀の詩人たちにも学びながら、愛やそれに伴う悲痛、そして自由を謳うその詩はすべてが、改訂を重ねた一冊の詩集『逃げゆく翼』*Alas en fuga*（初版1941）に収まっている。

カルロス・ルイス・サエンス Carlos Luis Sáenz（1899–1983）は子供向けの詩を多数残したことでも知られるが、その詩は明瞭さと素朴さを備える。それはフアン・ラモン・ヒメネスの初期の詩を想起させる。代表作『希望の根』*Raíces de esperanza*（1940）から、漢詩の影響も受けた『明の書』*Libro de Ming*（1983）のような後年の詩集に至るまで、故郷の風景と人間とを感傷を込めて謳っている。

ラファエル・エストラダ Rafael Estrada（1903–1934）もモデルニスモの詩人に分類される。しかし、一九二〇年代に『足跡』*Huellas*（1923）、『感傷的な旅』*Viajes sentimentales*（1924）といった詩集を出して、ポストモデルニスモの時代の到来を決定づけた後に夭逝した。

貧しいイタリア移民の家庭に生まれたフランシスコ・アミゲッティ Francisco Amighetti（1907–1998）は、画家として、また版画家として国際的な名声を博した。コスタリカの自然を背景に民俗的な主題の扱いを得意としたが、古典的な様式から出発しながら、やがて新しい表現を求めてシュルレアリスムや抽象表現主義に接近した。壁画を手掛けたり、彫刻に手を染めたりもしている。自身の旅を記録した自伝的物語の作者でもあり、『ハーレムのフランシスコ』*Francisco en Harlem*（1947）のような散文詩をものしている。

イサアク・フェリーペ・アソフェイファ Isaac Felipe Azofeifa（1909–1997）は、若い頃にチリに留学しており、当地の詩人たち――ビセンテ・ウイドブロ、パブロ・ネルーダ、パブロ・デ・ロッカー――のあいだに起きた重要な論争の証人になる一方、ラテンアメリカの最初のシュルレアリスム運動であるマンドラゴラに関わりったり、前衛主義ルンルニスモ runrunismo のグループに加わったりした。ベンハミン・モルガド、アルフレド・ペレス・サンタナ、クレメンテ・アンドラデ・マルチャント、ラウール・ララ・バリェら四人の詩人が一九二八年に宣言を起草した後者の名称は、ルンルン run run、つまり円盤の中心から両側に出ているひもを引っ張り回転させる、いわゆるブンブン独楽に由来し、この玩具が発する音のように、人の耳に引っ掛かり、文学的緊張を強いる詩を目指すものである。自作を詩集にまとめるのは一九五八年の『統一を阻め』*Trunca unidad*（1958）が最初であり、前衛主義をコスタリカに持ち込み、詩の刷新を進めた功績は大きい。

フェルナンド・ルハーン Fernando Luján（1912–1967）の清澄なその言葉には心がこもっており、コスタリカの景色を温かい調子で謳う。それは子供時代への憧憬のようでもあるが、児童文学でも功績を残している。

エウニセ・オディオ Eunice Odio（1919–1974）は、若い頃から中米の国々を放浪した。一九四七年に受賞のために訪れたグアテマラに帰化、さらに後年、ニューヨークを経由してメキシコにたどり着き、その国籍を得ている。「絶望したロマン主義者」を自ら名乗ったオディオの官能性が漂う詩編は、自然を賛美し、それと一体となることを希求する。政治や文化についてのすぐれたエッセイに加えて、『蝶の跡』*El rastoro de la mariposa*（1968）のように幻想的な短編小説の作者でもある。

ビルヒニア・グルテル Virginia Grütter（1929–2000）も、コスタリカの女性による文学を代表する。ドイツ系の苗字は養父のものだが、一九四一年、コスタリカのドイツへの宣戦布告に伴い、父親はアメリカ合衆国の収容所に収監された。キューバで舞台監督を務めたり、ブレヒトらの設立したベルリーナー・アンサンブルに参加したりと、演劇人としても活躍する。チリ人である夫はピノチェトのクーデター後に行方不明になったが、その体験は小説『行方不明者』*Desaparecido*（1980）となった。

オディオやグルテルと同様に戦後のコスタリカ詩を導いたカルロス・ルイス・アルタミラノ Carlos Luis Altamirano（1934–1999）は、大学で文学の教鞭を取った。コスタリカで出たセサル・バジェーホのアンソロジーの選者であり、序文も寄せている。

アナ・アンティリョン Ana Antillón（1934–）は、図書館勤務の傍ら詩を書いた。同毒療法を用いた治療を行い、カバラや占星術に関心を持つ。スペイン、カナリア諸島出身の夫アンティディオ・カバルも詩人である。

カルロス・ラファエル・ドゥベラン Carlos Rafael Duverrán（1935–1995）は、一九五〇年代のコスタリカ詩の発展において重要な役割を果たした一人である。自国の文学研究者としても傑出し、先に挙げたアンソロジーのほか、オディオ論も発表し、この女性詩人の重要性にいち早く着目している。

ラウレアノ・アルバン Laureano Albán（1942–）は、トゥリアルバ・グループと呼ばれる一派のもっとも活動的なメンバーであった。トゥリアルバとは、サン・ホセ近郊にそびえるコスタリカを象徴する火山の名前である。アルバンの啓発的で感情豊かなな知性は、『開かれた奇跡』*Milágro abierto*（1959）などの作品がある社会派の詩人ホルヘ・デブラボ Jorge Debravo（1938–1967）の強く訴えかける圧倒的な情熱とともに、一九五〇年代のコスタリカ詩の方向を定めた。

その流れは太く持続性があり、やがて一九七四年の超越主義のグループの結成に結び付く。アルバンはそこでも主導的な役割を担い、一九七七年に、モンへの紹介でも触れた運動の『宣言』を出版した。そこには、いずれもこのアンソロジーに作品が収載されているが、モンへのほかに、死と愛、永遠と友愛といった主題をその詩に見出すことができるフリエタ・ドブレス Julieta Dobles（1943–）と、十四歳の頃から、一九六〇年代にデブラボが創設したコスタリカ詩人サークルの一員として詩作を続け、人間の真実を追い求めながら深い抒情を生み出すロナルド・ボニーリャ Ronald Bonilla（1951–）が名前を連ねている。

ロドリゴ・キロス Rodrigo Quirós（1944–1997）は、大学で哲学と文学を学び、教職に就いた後、英語詩とフランス語詩の翻訳に携わった。キロスも詩人サークルのデブラボのもとで、アルバンやドブレスとともに生の本質を求めて詩作を始めた。その詩には、自身との、親しい人々との、時には神との対話がある。

カルロス・デ・ラ・オサ Carlos de la Ossa（1946–2013）は、愛や孤独、あるいは神といった主題をめぐる抒情を日常的な言語に巧みに載せて詩を綴った。そこには伝統的なものと革新的な要素とが共存する。デ・ラ・オサは、その主要な詩を『出版許可』*Imprimatur*（第一冊 1970）という共通の題を与えた七冊の詩集として世に送った。

ディアナ・アビラ Diana Ávila（1952–）は、寡作な詩人だが、自己の内面を精選した言葉で紡いでいく。そのようにして、言葉への、自身への、自然への愛を通じて世界と疎通しようとする。

ミア・ガリェゴス Mía Gallegos（1953–）は、一九七〇年代に頭角を現した女性の詩人たちのうちでも、もっとも高い評価を得ている一人である。サルトルやカミュ、あるいはボーヴォワールらの影響を受けて、人間の実存への強い関心を示す。他方で、古代ギリシャの悲劇の木霊が、その愛と生と死の主題が交錯する詩に反響する。作品は激しい感情の吐露から、やがて内省的なものへと変化している。

ニディア・バルボサ Nidia Barboza（1954–）も、ガリェゴスと同時期にコスタリカの詩壇に登場した。生前のオディオが国外で評価されながら故国でほとんど顧みられなかったのに対して、アビラやアナ・イスタル Ana Istarú（1960–）とともに同国の女性による詩の大きく太い豊かな流れを生み出している。後者は戯曲も書き、女優として古典劇と現代劇のいずれもの舞台に上りもするが、詩編におけるのと同様に女性としての権利の要求を常に意識する。その作品では、女性の身体を中心に据えて、性、男女の関係、母性、愛を主題に取り上げている。

アドリアノ・コラレス Adriano Corrales（1958–）は、演劇やジャーナリズムの活動を経て、一九九〇年代半ばに最初の詩集『黒い市電』*Tranvía negra*（1995）を発表した。詩誌『境界』Fronteras を主宰し、自ら小説も書く。超越主義を乗り越えようとして、口語を主体にした簡明な詩の流れを導いた一人である。

カルロス・コルテス Carlos Cortés（1962–）も小説家の顔を持つ。『母に向ける長い夜』*Larga noche hachia mi madre*（2013）では、スペイン語圏の文学で権威ある文学賞の一つ、ロムロ・ガリェゴス賞の候補にもなった。超越主義と社会詩以降の新しい詩の方向を模索するコルテスは、すべてはすでに言われたことであると悟りながら諦観せずに自身の神話を築き、それをまた壊そうとしている。

一九九〇年代以降の世代の中心にいたルイス・チャベス Luis Chaves（1969–）は、多数の詩集を出していながら、自らを詩人であるよりまず作家であるとみなす。『騎馬像』*Monumentos ecuestres*（2011）のような散文詩も手掛けている。特定の規範や様式に依らず自由に展開する作品の底流には、家族や友人などの親しい人々との対話が聞こえる。

グスタボ・ソロルサノ Gustavo Solórzano（1975–）はその詩編で、身の回りで忘却されていた品々の断片を拾い上げて、それを再びくみ上げる。しかし、そのようにして回復された世界を通じてソロルサノが求めるのは、輝かしい過去の回顧ではなく、現在と向き合い前に進む人間の意思である。

このアンソロジーに収載されたなかでもっとも年の若いG・A・チャベス G. A. Chavęs（1979–）は、日常の生活や土地の自然、あるいは記憶の奥深くから、懐かしさを伴う情景を描き出す。それは時にコスタリカのものであり、また時にアメリカ合衆国のものである。そこでは、主観を排して描出する景色のなかで、時間が固着し、一種の郷愁がもたらされる。

以上、収載する詩人について簡単に触れたが、このアンソロジーを編む際にモンへは、一九八〇年から二〇一〇年にかけて書かれた詩のみをその対象にしたいと考えていた。コスタリカ詩の現在を読者に提示することを意図したものである。しかし、この国の詩を日本に体系的に紹介する初めての機会なので、それが経てきた歴史的変遷を読者がたどれるようなものにして欲しいという訳者の希望を伝えたところ、編者は快くそれを受け入れてくれた。すべての詩が揃うまでに四年ほどの歳月がかかったが、ブレネス・メセンから始まりG・A・チャベスで終わるこの選詩集が完成した。コスタリカの詩史と照らし合わせて、ここに載る詩人の選択はまことに的確だと思う。

版権の問題でここに取り上げられなかった重要な詩人たちがいる。右の紹介のなかで触れたデブラボの他に、一九八〇年代の社会派の詩を牽引したアルフォンソ・チャセ Alfonso Chase（1945-）と、日常的なもののなかに視線を向けて最初から超越主義と別の道を歩んだオスバルド・サウマ Oswaldo Sauma（1949-）がそれに当たる。編者の意図を正しく伝えるために、ここに記しておく。

本書の生まれた経緯を明らかにしておきたい。もう五年か六年前のことになるが、染田秀藤先生から、あるコスタリカの詩人が自作の翻訳者を探しているが、やってみませんかと声を掛けていただいた。染田先生には大阪外国語大学での学部時代と、そらからことに神戸市外国語大学大学院で木村榮一先生にご指導していただいていた折に、筆舌に尽くしがたいお世話になっていたので、不明にもその時、相手がコスタリカの現代詩を代表する一人とは知らないままに引き受けた。

それは本書にも収録をお願いした『緑の祈り』で、日本語のほかにドイツ語、アルザス語、フランス語、ギリシャ語、オランダ語、ハンガリー語、英語、中国語（繁体字と簡体字）、ノルウェー語、ポルトガル語、そしてルーマニア語に同時に翻訳し、一冊の本にするという試みであった。それは翌年、経済学者リカルド・E・モンへによるフラクタル美術で装丁された美しい小詩集となって届いた。

その試みのためにやり取りをするなかで、コスタリカ詩のアンソロジーを日本で出す可能性が浮かんだ。どのような書物になるのか、詩人と詩の選択については先に触れた通り、すべて編者の手によるものだが、それが具体的になるにつれて、訳者が所属する関西大学東西学術研究所での出版の可能性を探った。コスタリカでは、その出版事情によるのだろう、研究書やアンソロジーだけでなく、単一の著者の詩集でも大学が版元になっているものが多いのだが、日本の場合には、詩を専門とする、あるいは主体とする出版社が数多く存在する。そのなかで、このような形態の詩集を刊行することを認めていただいた関西大学出版部と東西学術研究所とに感謝の意を表したい。

また今期で離れることになったが、同研究所の研究班で主幹を務められる和田葉子先生にはひとかたならぬお世話になった。また長年ご一緒させていただいた川神傅弘先生と近藤昌夫先生は温かく導いてくださった。その研究班にお誘いいただいたのは、在職中もご退職後も公私にわたってご指導を賜っている関西大学名誉教授の平田渡先生で、常に感謝の念に堪えずにいる。恩師の木村榮一先生にも、近年、読書会で大学院時代のように皆で集まってお話を聞かせていただく機会を得て新たに学ばせていただいている。そして、なによりも染田秀藤先生とコスタリカのカルロス・フランシスコ・モンヘ氏の出会いが先になければ、このアンソロジーはここに存在しなかった。最後に合わせてで恐縮だが、皆様に深謝申し上げる。

このたびも東西学術研究所事務室の奈須智子さんにはいろいろとご面倒をおかけした。言い添えて、お礼申し上げる。

二〇一八年九月十日

鼓　宗

ÍNDICE

POEMAS

seleccionados por Carlos Francisco Monge

Roberto BRENES MESÉN

(1874–1947)

OBRA POÉTICA: *En el silencio*, *Pastorales y jacintos*, *Los dioses vuelven*.

BALADA ÍNTIMA

Corre el tren por entre el bosque,
a las orillas del lago:
así mi alma también corre
por el bosque del pasado.

Y en el bosque, dulce amada,
es tu imagen alta encina,
y son arpas tus palabras
de sus ramas suspendidas.

Cuando entrecierro mis ojos
esa encina se destaca,
y esas arpas son un coro
de recuerdos en mi alma.

EN LA AVENIDA

Es una larga avenida
poblada de esbeltos álamos,
con sus fuentes recitantes
y sus palacios de mármol.
Rientes parejas de amantes
estrechándose en los bancos,
fulgores de sol poniente
de los árboles colgando,
perfumes de bosque antiguo,
rosas deshechas en llanto,
todo bulle y todo me habla
un lenguaje del pasado.

Es la ruta de mi vida,
son mis sueños, mis ideales,
mis horas de blanco mármol,
mis castillos en el aire,
mis amores, mi pasado,
mis recuerdos recitantes

como el agua de las fuentes
Sollozando en los estanques.

CREPÚSCULO

Lanzó al mar sus oriflamas,
al morir, el sol que adoro,
y ardió el sacro cuerpo de oro
tras el horizonte en llamas.

En un vuelo audaz de famas
anunciando algún tesoro,
van las nubes en un coro,
como en los antiguos dramas.

Tras el monte ha muerto el día,
y ya se oye la armonía
de la tarde que ora y canta.

Y arropada en el misterio
va la noche a alzar su imperio

con una humildad de santa.

Lisímaco CHAVARRÍA

(1878–1913)

OBRA POÉTICA: *Orquídeas*, *Manojo de guarias*, *Desde los Andes*.

LA TARDE

Toma el pincel, el haz de sus fulgores
y los matices múltiples la tarde,
y su paisaje traza haciendo alarde
de brillantes y espléndidos colores.

Tiñe el sol de naranja los alcores
y del poniente en los confines arde,
en tanto que en los árboles, cobarde
finge el céfiro acentos gemidores.

Y Febo moribundo, paso a paso,
desciende por la escala del ocaso
como un rey taciturno y soñoliento…

Se va la tarde… y su genial paisaje
lo acaba al fin el último celaje
en el espacio azul del firmamento.

ROBLES

Se agita el vendaval con rudo empuje
y en su clarín sonoro ensaya un doble,
como si fuese bestia, asaz innoble,
se contorsiona, se enfurece y ruge.

El mar se encrespa, se alborota y muge
al sentir de los vientos el mandoble
y tiembla la arboleda. En tanto el roble,
enhiesto, hecho altivez, apenas cruje…

Sé tú como ese atleta, siempre esquivo,
y muéstrate sereno ante la racha
que apoca a los espíritus pequeños.

Digno de loa es mantenerse altivo,

burlando tempestades y aun el hacha
en la cima triunfal de los empeños.

EL MAR

Sacudes en tus ancas
el rayo, el huracán y los tifones
mientras empujas las soberbias trancas
que oponen a tu salto los peñones.

Te encoges, hecho fuerza, y luego arrancas
de tu arpa gigantesca mil canciones
y vas Orlando con espumas blancas
la cálida aridez de los playones.

Tu cólera me alienta
y tu lenguaje de titán me cuenta
la fuerza pertinaz de tus batallas.

¡Ah, como tú, oh ponto!,
mi espíritu remonto

con ansias vivas de romper las vallas.

Rogelio SOTELA

(1894-1943)

OBRA POÉTICA: *La senda de Damasco, El libro de la hermana, Apología del dolor.*

LAS NUBES SE DESHACEN

Hoy la vida ha soplado un poco de tristeza
al oído del alma que era todo optimismo
y ahora el alma empieza
a sentir pesadumbre porque no soy el mismo.

¿Pero qué culpa tiene la laguna si sube
por el cielo una nube a apagar su alegría?
Era un lago mi alma... ha pasado una nube
y ya casi no veo la estrella que fulgía.

Alma, espera que pasen
las nubes que prendieron esa melancolía.
Las nubes se deshacen...
¡Vuelve a buscar la estrella que fulge todavía!

HACIA NUEVA YORK

¡Con qué tranquila confianza
y con qué serenidad
ponemos todo lo nuestro
en el regazo del mar!

Una línea azul, en círculo,
limita la inmensidad…
El pensamiento ya viene
como el oleaje, sin cesar.

Se ve romperse las olas,
sopla un aire de huracán,
y mientras se agita el barco
solo acertamos a pensar
con qué serena confianza
ponemos todo en el mar!

COMO UN PRISMA CONCENTRA LOS COLORES

Como un prisma concentra los colores
del espectro solar y los devuelve
en un haz armonioso de esplendores,
mira cómo tu espíritu se envuelve
en los universales resplandores.

Procura que en tu espíritu el abismo
del mundo deje toda melancolía;
el prisma eres tú mismo
y todo lo que venga de ese abismo
por ti se ha de tornar en armonía!

Julián MARCHENA

(1897–1985)

OBRA POÉTICA: *Alas en fuga*

LA MAÑANA

Un suave tinte rosado
el horizonte colora;
está el mar adormilado
en la calma de la hora.

Inclinada hacia un costado,
veloz y madrugadora,
mar adentro se ha esfumado
una barca pescadora.

Sopla el aura tenue, fría.
A poco, en la lejanía,
cubierto de luz dorada

surge el sol esplendoroso

como joya rescatada
de un naufragio fabuloso.

VISIÓN DE LEJANÍA

La vejez y la ausencia
son cumbres semejantes:
desde ambas contemplamos, clara y precisamente,
lo que hemos sido antes.

Renovarse, cambiar,
ser otro del que fuimos,
y luego contemplar
la huella que dejamos perdida en el sendero
que un día recorrimos…

Aunque parezca ilógica
esta verdad vivida,
se muere varias veces
en la vida.

LO EFÍMERO

Amo mucho las rosas porque viven
escasamente un día;
si fueran inmortales
ya no las amaría.

Todo lo que se pierde, lo ido, lo que pasa,
me deja una tristeza mejor que la alegría.
¡Oh encanto sin palabras
de la melancolía!

Amada, yo he de amarte siempre, siempre…
¡Tú solo por instantes fuiste mía!

Carlos Luis SÁENZ

(1899–1983)

OBRA POÉTICA: *Raíces de esperanza*, *Memorias de alegría*, *Libro de Ming*.

EL VIENTO QUE VIENE

¡Esperadlo, compañeros,
trae un mensaje
de las ciudades al campo
este rudo golpe de aire!
Es su olor acre,
¡de sangre!
Es su violencia
impetuosa y galopante.
¡Oíd su voz,
es hermana
de nuestra voz de combate!
¡Levantad, fieros, los puños,
y saludadle!
Viene de las ciudades

distantes
teñido de un himno nuevo
de heroicas sonoridades.
¡De pie los trabajadores,
a recibirle el mensaje,
que los esclavos sin pan
a su paso se levanten!

YO TENÍA

Yo tenía las estrellas
en un pozo de la calle y debajo de unas hierbas
dos abejoncitos mansos.

Yo tenía una nube de oro
encima del campanario
y un nido con pajaritos en el naranjo.

Yo tenía el viento en los pies
cuando corría descalzo,
y un caballito de caña para correr al mercado.

Yo tenía un mirador
en el ciprés fino y alto
y en mi almohada una paloma
de pecho amoroso y blando.

Yo tenía una flor de sueño en mis ojos desvelados
y tenía una voz pequeña
perdida por un cielo alto.

Yo tenía una campana
y una torre
y un poblado
y tenía un tambor guerrero en mi pecho de soldado.

Yo tenía una princesa,
pordiosera de milagro,
más rica de su riqueza que los mismos Reyes Magos.

Rafael ESTRADA

(1901–1934)

OBRA POÉTICA: *Huellas*, *Viajes sentimentales*.

ABRÍ LA URNA DE MI CORAZÓN

¡Abrí la urna de mi corazón
para verte, amor,
y cerré de nuevo mi corazón,
pues no estabas, amor!
Cuando niño, una simiente sembré,
preciosa, en un jarrón;
y cuando quise verla,
y cuando quise verla...
no encontré la simiente.
¡No encontré ni simiente ni jarrón!

LA LUNA BAÑA EN BLANCO

La luna baña en blanco

la ciudad tranquila,
como mi alma.

En el aire hay sones trémulos
y hay canciones recónditas,
como en mi alma.

Las nubes van tranquilas;
temedlas si se enojan,
como a mi alma.

En los árboles dormitan
los pájaros sagrados,
como en mi alma.

Y la noche toda es clara
como mejor puede la noche,
y así mi alma.

El sol está escondido,
pero alumbra la luna,
como en mi alma.

LA NOCHE YA HA TENDIDO

La noche ya ha tendido
su manto de gitana,
y se siente el latido
de la mañana.

Las ilusiones vienen
y acarician la mente,
y hay quienes se entretienen
inútilmente.

Mas al llegar la aurora
las almas van llegando,
y se hace dulce la hora
meditando.

Y yo en este instante
me estoy entreteniendo;
mas pulo mi diamante
escribiendo.

Francisco AMIGHETTI

(1907–1998)

OBRA POÉTICA: *Poesía, Francisco y los caminos.*

ARRABAL

Las casitas van caminando hacia los verdes,
se paran al lado de la acequia,
hasta que un día, el arrabal ya no esté
donde ahora vive el viento lleno de mariposas,
entonces la acequia gemirá bajo el suelo
encarcelada y sucia.

Pero los niños del arrabal
encontrarán otras acequias
con mucho cielo en el fondo.
No importa que el tranvía suene a lo lejos
como una avispa fugitiva,
si la montaña es ya vecina
que les regala sus azules,
y si la tarde baja siempre

como una vaca a los potreros
mientras la miran las casitas
con sus ventanas encendidas.

LA VENTANA

Con la ventana los arquitectos se volvieron pintores,
hay casas en que la ventana
es el único cuadro colgado en la pared.

Nos ahogaríamos, no seríamos hombres
sin la ventana del color del viento,
hasta a los seres recluidos en las cárceles
se les concede un pedazo de cielo y una ración de luz.

Con la ventana no estaríamos del todo presos,
y podremos ver el sol y la luna
porque todos los hombres son poetas
aunque maldigan de ello.

Con la ventana tendremos la fisonomía de Dios,

y al asomarnos a ella rezaremos
Aunque tengamos amargos los labios y endurecido el corazón.

LLUEVE EN NUEVA YORK

Llueve en Harlem, las ventanas iluminadas
miran absortas caer el agua.
También ahora en junio en Centroamérica
los paisajes son verdes húmedos y esmaltados,
y las lluvias encierran con murallas de plata
la ciudad donde vive mi recuerdo apresado.

Por la ventana abierta por donde ve la luna
hoy mira los relámpagos cruzar por la montaña,
y sus grandes pestañas temblarán como palmas.
Sus hombros delicados descansando en la silla,
sus manos fatigadas durmiendo en su regazo,
así la dibujaba cuando estaba a mi lado,
y hoy la miro esta noche desde aquí desde Harlem
esta noche lluviosa de ventanas doradas.

Isaac Felipe AZOFEIFA

(1909–1997)

OBRA POÉTICA: *Vigilia en pie de muerte*, *Canción*, *Días y territorios*, *Cima del gozo*, *Órbita*.

TU CORAZÓN ES UNA FRUTA

Tu corazón es una fruta
Que destila su miel cuando me besas.
Tu mano es una flor regando aroma
Sobre mi piel cuando acaricias.

Tu cuerpo se hace ramas si me abrazas,
Amor canta en el viento,
Y mi alma se desborda como un cauce
Bajo la inesperada primavera.

Oh cruel invierno,
Ahora sé que tu nieve y tu vacío
Fueron secreto paso de este gozo.

ALEGRÍA

Mi patria es este pequeñísimo lugar
perdido entre todos los lugares.
Mínimo y pobre lugar de mis pasos.

De pronto lo he visto cuando andaba
adentro de mí mismo
que es como volverse adentro de la mirada,
como volverse ciego,
como romperse el corazón
y echarse a andar por sus venas.

Entro en mi sangre, sí, pero salgo al paisaje,
al recuerdo,
al aire calmo de la aldea, al pueblo insistente,
mi pueblo,
al cielo de todos. ¡Oh alegría!

VECINDARIO

Trescientos perros sueltos asean el vecindario.
Aquí lavan sus barcas los pescadores, y se pudren
las ostras en la arena.
Casas inverosímiles, material de desecho y barro y barro,
escupen niños sin sonrisa.

El niño Dios va a atraerles algún día
un pez de oro.

Trescientos perros sueltos ladran por el vecindario.
el niño Dios traerá más perros
y más niños.

Fernando LUJÁN

(1912–1967)

OBRA POÉTICA: *Tierra marinera, Poesía infantil, Himno al mediodía.*

PESCADOR

¡Pescador, mi pescador,
no bebas más en el bar
y llena tu corazón
con el salitre del mar!

¡No bebas más, pescador!

¡Mira, qué azul está el cielo
y qué verde está la mar!

¡En la punta de tu anzuelo
echa tu pena a pescar!

¡Pescador, no bebas más!

TORRE DEL FARO

De la torre miro el norte:
a lo lejos el pinar
da torres al horizonte.

De la torre miro el sur:
a mi sangre manda el mar
aire salado y azul.

De la torre miro el este:
mi novia estará en el monte
subida en un pino verde.

Y miro el golfo al oeste.
¡Encerrado en esta torre
dejadme a mí para siempre!

CUANDO VUELVA A LA CIUDAD

Cuando vuelva a la ciudad,
todos me van a mirar,
con pantalón de campana
como los hombres del mar.

Todos me van a envidiar
esta camisa de seda,
que me bordó una sirena
con las espumas del mar.

Cuando vuelva a la ciudad,
¡y el pecho condecorado
con una estrella de mar!

XXX

Eunice ODIO

(1919-1974)

OBRA POÉTICA: *Los elementos terrestres*, *El tránsito de fuego*, *Territorio del alba*.

ALBA

Alba
De corazón amedrentado.

Y de sandalia entre las hojas,
queda,
de crestas frías desbridadora
tenue,
en lumbre ardida,
y de color
abierta.

Frutal en corazón originado,
vierte el cuenco de alondras
para el día.

Cuerpo alegre quemándose los dedos
Va el alba rosa en mineral vestido.

Alta está la azucena descubierta
donde un aire caído se apresura
A ser aroma donde el suelo brota.

Ahí donde el claror brisas deslumbra,
Un buey azul, con deshojado belfo
La orla gastada de la luz consume.

ALGUIEN PASA ROZÁNDOME

Alguien pasa rozándome las venas
y se abre el surco entre la flor y el labio.

Es que llega la noche
en columna de amor y ruiseñores;
su casco azul, lacustre, enjuaga el alba,
baja la niebla por su piel y huyen
roces de pluma herida y madrugada.

Y antes de ser,
para futuro arribo de planeta,
tiniebla inaugural,
cristal esquivo,
quietud de sumergidos resplandores,
la noche es de aire y tallo oscurecido.

Virginia GRÜTTER

(1929-2000)

OBRA POÉTICA: *Dame la mano, Poesía de este mundo, Cantos de cuna y de batalla.*

VEN

Frente a la mar inmensa yo te estaré esperando
perdidos dulces sueños por los caminos largos.

Mis dedos afilados jugarán con la arena;
como los caracoles, vendrán horas de pena.

El mar inmenso y verde me tenderá los brazos;
sus largas lenguas frías aprenderán mi canto.
Con mis más lindos trajes, rojos, grises y blancos,
me sentaré a esperarte y miraré los pájaros.

Poco a poco mi cuerpo entrará en el paisaje
como la roca misma, la concha o el celaje.

La tibia playa amiga no dejará de verme
hasta que vengas,
en una tarde muda y transparente.

ORQUÍDEA BLANCA

Orquídea blanca que has nacido de pronto
en mi cielo de frutas y de ramas.

Sin esperarte nunca ni desearte
abriste tu blancura trasnochada.

Y quién sabe qué viento caprichoso
trajo aquí la semilla desolada…

Tal vez el viento del sur, viento del norte,
es igual… interesa tu llama blanca.

Interesa que no has llegado en vano,
pecadora y casta.

Pétalos luna, corazón vino,
hojas esmeralda.

LA VENTANA

Tenías dos pechos igual que yo
y el pelo largo igual que yo
y la boca pintada como yo la quería
y usabas falda igual que yo
de tela floreada igual que yo
y llevabas sandalias como yo
y te arrastraban dos policías
y dabas gritos en mitad de la calle
y llevabas de rastras las sandalias
y te sangraban los pies
y desde adentro me llamó mi abuela
y vino
y cerró la ventana
y me arrastró del pelo
hasta lo más oscuro de la sala.

Carlos Luis ALTAMIRANO

(1934–1999)

OBRA POÉTICA: *Funeral de un sueño, Enlace de gritos.*

VA LA CIUDAD CAYENDO

Va la ciudad cayendo
de sus techos rojizos,
creciendo tu sombra
hacia el sur desde mi alma.

Y en el temblor del humo
apenas detenido,
en el sonido lento
del tránsito lejano,
tu belleza está quieta
y más cerca que nunca.

FLORECILLA

Ha venido el verano a golpearte,
menuda florecida,
a quebrarme tus pétalos pequeños
con sus soplos violentos,
a quitarme tu néctar perfumado
cual fiero colibrí de la montaña.

Es raro, florecilla,
el último verano,
el más hermoso y lánguido verano,
inmóvil en mi mano te ha dejado
con tu loca vanguardia
de viento, sol y frío.

BUENOS DÍAS

Buenos días, amada, buenos días,
aunque estemos muy lejos;

pues con el alba nace mi saludo
y sé que desde lejos lo devuelves
dulcemente moreno con tus labios.

Moreno llega el viento del oeste;
sobre nidos morenos
el sol riega semillas de música morena;
morenas mariposas asolean
el perfume moreno de las flores;
moreno es el amor esta mañana;
moreno hoy amanece el universo;
buenos días, amada,
buenos días morenos…

Ana ANTILLÓN

(1934)

OBRA POÉTICA: *Antro fuego, Demonio en caos, Coruscar.*

NOS SEPARA POR SIEMPRE EL AGUA OCEÁNICA

Nos separa por siempre el agua oceánica
violenta incontenible
cuando revierte imagen enigmática
el hecho repetible.

Mi corazón se ha unido ensimismado
al navío que bifurca
la ruta extraña y lenta del pasado
que pierde a quien lo surca.
Lo veo mente en el centro de una oleada
reflejando otra orilla
aunque ilusión lo quiere en la ensenada
con velamen y quilla.

Pero se expande la onda cercanía

y comprendo al que deja
salvando escollos de la fantasía
y en mi barco se aleja.

CAMINANDO A LA CIMA

Caminando a la cima
cuento infinitos signos de cansancio.
Cada horizonte surge como un plano
del fin que se aproxima
y si quiero acercarme me distancio
de esa cumbre que es cuerpo muy lejano.

Entro al límite piedra
donde me observan ojos de caverna
de intersticios brota el vegetal:
allí repta la hiedra
verde bordeando el tiempo en que ella inverna
y contornea mi médula espinal.

ESTÁS LEJANO CUANDO OCUPAS TU PUESTO

Estás lejano cuando ocupas tu puesto
entre las sugestiones del silencio
y te confundes frío con la sombra.
Así he de percibirte a mí dispuesto
pues mi tardía flaqueza la evidencio
volcando el corazón cuando te nombra.

Si te acercas el juicio es convencido
de abrir la puerta a mi pasión trabada:
encerrarme es dejar de respirar.
Te reconozco abstracto y decidido
pues tocas mi afección ¡quedo nublada!
y detengo la fuente del pensar.

Carlos Rafael DUVERRÁN

(1935–1995)

OBRA POÉTICA: *Paraíso en la tierra*, *Ángel salvaje*, *Estación de sueños*, *Tiempo grabado*, *Piedra de origen*.

OTOÑO

Silencioso jaguar, paso amarillo, ruido
de oscuridad en la hojarasca; lento,
cruel apagarse de un antes claro fuego,
eras necesario. Tu color de abandono,
la ciencia dolorosa de todas tus caídas
es profunda alegría. Dichoso aquel que ahora
en su propia pobreza halla la fuerza
y aguarda en pie la noche.

Tus rotas vestiduras
son el oro vencido de toda la miseria.
Jirones de tu piel en los caminos
traen memorias de luz al desterrado,
y el árbol sobrio yergue su desnudez sin tristeza.

Tus manos desgarradas son las nuevas raíces.
Dichoso aquel que espera y sueña.

Y una rosa de fuego que no acaba se abre
en todo corazón que de su angustia
extrae su fulgor, se decide y renace.

BARRIOS

Entrado invierno, ya las calles llevan
algo de azul diluido de montañas
y gris de cielo. Van las almas
ciudadanas, lo que queda de ellas
bajo el trajín civil, como figuras
en el tapiz de un cine pobre, desleídas,
borrosas por desgaste. Queda siempre una mancha,
a veces una huella, un cierto amor de historia pobre
pero vivida a fondo con coraje.
Se ve en esas paredes de madera
cobreadas por el tiempo,
esas tardías esquinas donde pasa

el transeúnte apenas como niebla.

CONOZCO ESTA CIUDAD

Conozco esta ciudad, sus calles, sus aceras,
las casas que están ahí como esperando
con su tiempo interior ser declaradas
fuera de época, los árboles oscuros
amigos de mi soledad al atardecer
tan sobrios, tan seguros, expertos
en desamparo y dignos, editando
siempre las hojas de su verde poesía.
Conozco esta ciudad, este es mi laberinto.

Laureano ALBÁN

(1942)

OBRA POÉTICA: *Herencia del otoño, El viaje interminable,*
Geografía invisible de América,
Enciclopedia de las maravillas.

CIMA DEL OTOÑO

Sobre las más lejanas soledades,
donde la tierra olvida su esplendor
y el otoño deshace sus últimas estrellas.
Donde la nieve estalla
y el águila se agota,
dardo de sangre, hacia el azar.

Donde termina
la oscura certidumbre de las cosas
nace un silencio
luminoso y veloz,
un estremecimiento
impregnado de azul,

el vertical prodigio
de la luz y los signos y los dioses
subiendo sin cesar hacia su abismo.

LAS PIEDRAS DE LA JUSTICIA

Esta es la ley: el alma.
Y el alma no termina
ni en la tierra ni el cielo.
Ella es una música
que yo le puse al hombre,
para que el hombre fuera
vértigo de su asombro.
Para que el hombre hiciera
su pan despedazando
semillas o milagros.
No hay más ley que tu alma.
La vigilante sed de tu alma
es la flor con que enciendo tus noches.
Yo le entregué al profeta
las tablas del incendio,

la palabra que pudo
traspasar a la piedra.
Pero es en el mármol de tu alma
donde tú, con tus sueños
vas grabando mis cantos.

Esta es la ley: tu alma,
equilibrio imposible
de todas las palabras.

Julieta DOBLES

(1943)

OBRA POÉTICA: *Los pasos terrestres*, *Los delitos de Pandora*, *Casas de la memoria*, *Poemas para arrepentidos*, *Hojas furtivas*, *Poemas del esplendor*.

BANDERA

Somos una bandera de palabras
contra tanto silencio.
Una pasión desatada y perenne
entre las dos tinieblas
de nacimiento y muerte
que nos urden.

Ondulemos al viento inevitable.
Y que nuestro destello arda en el filo,
fugaz, pero bellísimo,
inerme, pero terco,
mortal, pero amoroso.

Somos palabra,
como quien dice tránsito,
pasión, memoria, augurio.
Palabra que ondea, luminosa,
interpelando a la consumación.

DE LEJANÍAS

Somos seres de lejanías intermitentes.
Cada partida, cada renuncia,
es un ensayo de muerte
prolongado en la ausencia.

Y se van acumulando,
vitales y confusos,
creando tristezas hondas,
contenidas,
que tiñen de violetas y de azules
nuestras vivencias, alargadas
como sombras tardías.

Pero también nacemos muchas veces.
un amor, un regreso,
un estremecimiento de alegría
frente a un encuentro sorpresivo,
o en el pálpito fugaz
de un recuerdo inesperado.
Por eso los crepúsculos naranjas,
lanzados como ráfagas
desde el cielo poniente,
o el clamor recogido de la lluvia,
o el beso inesperado,
fresa húmeda y dulcísima
en mitad de los labios,
todos son pequeños nacimientos
que nos crean diariamente.

Así, entre muertes y nacimientos,
nacimientos y muertes,
nos cincela la vida
su terrible hermosura.

Rodrigo QUIRÓS

(1944-1997)

OBRA POÉTICA: *Después de nacer, En defensa del tiempo, A tientas en la luz, Altura de la sangre.*

MADRUGADA

Desperté ante la noche.
¿Qué pasaba?
¿Quién hacía tan calientes los silencios?
¿Por qué estaba la atmósfera
junto a mi cuerpo, sola?
¿Por qué había tantos ecos de angustia
en el viaje callado del viento?

TÚ LO SUPISTE TODO

Nunca esperé, Señor, que me esperaras
en el aire más próximo,
y allí estabas, perfecto en el rocío,

con pies talados por caminos tristes,
y mil huestes de brisa
calmándome los huesos,
besándome la sangre con crepúsculos,
izando mi tamaño cada día
con tu ademán más nuevo.

Tú lo supiste todo
de aquel niño poblando tus rincones
con duendes, con fracasos, con juguetes…

Y en un vuelco de amor, me has vuelto acero:
metal que escoge las flores más sencillas,
la más dulce ceniza de unas manos,
el que se lanza al viento y lo somete
hasta el acento de tus propios labios.

LO QUE MIRA LA ROSA

La rosa se desvive en el rocío,
en los felices ojos que se detienen

un instante a mirarla,
en observar el cielo
donde las nubes trazan gigantes
y niños juguetones.
Sus pétalos caerán.
Quedará mustia y fría,
contará los granos de tierra
que la cercan.
¡Pero tiene un secreto!
En el matojo burdo
o en movimiento pobre de la pobre lombriz,
espera ver a Dios, como nosotros.

Carlos DE LA OSSA

(1946–2013)

OBRA POÉTICA: *Imprimatur*, *Canciones para la luna roja*, *En esta rara noche*.

AGUA DE ROSAS

Yo vendo cántaros de agua de rosas rubias,
agua de rosas morenas,
de rosas blancas.

¡Cántaros, cántaros con buena agua de rosas!

Yo traigo una canción para los hombres solos,
para los hombres que viven tras los muros,
grises.

Cántaros de agua buena para corazones buenos,
agua de rosas vendo todas las mañanas.

Yo me adentro en la noche con mis cántaros;

y cabalgo en la madrugada
y duermo sobre las flores desparramadas
en el camino
y busco el néctar en las rosas
y el agua en la catarata.

LUZ OTOÑAL

Incomparablemente esbelta
luz otoñal,
vuelo de aves amarillas hacia el sur.

Viejas araucarias húmedas y frías.
Hace ya días que llueve con desenfrenado encanto,
el vapor de la tierra asciende
perfumando las cortezas y las ramas
de las araucarias metálicas
flores de papel,
barquitos de papel,
aviones de papel,
el cisne de papel.

Durmamos en la luz otoñal
dame un beso cerca de la luz otoñal.

Viejas araucarias húmedas y frías,
incomparablemente esbeltas.

Carlos Francisco MONGE

(1951)

OBRA POÉTICA: *Los fértiles horarios, La tinta extinta, Enigmas de la imperfección, Fábula umbría, Nada de todo aquello, El amanuense del barrio, Cuadernos a la intemperie.*

ORACIÓN VERDE

Madre verde que estás con nosotros,
danos tu luz y tu sombra;
danos, madre, tu voz y tu silencio,
la danza y la quietud,
los abrazos del bosque,
el esplendor del mar y de la aurora.
Ven agua madre, ven; deja tus ríos
correr o remansarse,
la tempestad clamar;
que la gracia del tiempo entre las olas
como un ave nos cante en la alborada.
¿Dónde si no en tu corazón en llamas,

madre fuego, nacieron tus arrullos,
el talismán dorado del ocaso
que es siempre amanecer;
la música estelar,
el bosque iluminado de palabras?
Danos, madre, tu suelo, ese ángel tibio
que nos besa y nos besa;
tus arenas, tus piedras, el polvo enamorado
que nos persiguen como un duende loco.
Ahora y en la hora en que juntamos
este caudal de historias, estas fábulas,
danos el viento para navegar, los huracanes,
la brisa sosegada, el soplo de tu aliento,
tú que estás con nosotros,
madre verde de sombra,
madre verde de luz.

LA ESCOBA TRISTE

La felicidad
es como esa vieja escoba triste;

es flaca, es seca,
se detiene ante el menor silbido del polvo,
ahuyenta las alimañas,
y nos vigila con su atenta mirada
cada paso y sus huellas,
cualquier luminiscencia, el temblor de una mano,
la ceniza.
Y los gatos, los gatos, cuánto temen
su encuentro en el callejón desprevenido,
sin solicitud sin rumbo.
Pero no envejece, no está en los calendarios;
Barre con obstinación, deambula,
salta de cuerpo en cuerpo, mira de soslayo,
se atasca a veces
ante la inminencia de un ciclón o una caricia leve,
y espera sin desesperar, y sobrevive
como la escoba triste en su rincón.

LOS CICLISTAS

Debe de ser hermoso andar en bicicleta,

sostenerse en vilo y dejarse llevar.
Como esos seres antojadizos
que arden en el amor,
que no dudan ante los filos del despeñadero,
y afrontan la ventisca,
suben sublimes lomas, se apartan del sendero
con ligereza envidiable,
y gozan de su cuerpo, animales hechos
para el arte de la respiración.
Debe de haber un trazo que pocos reconocen
en ese giro, en esa pierna firme,
en esa libertad de reponerse del tiempo
mientras otros observan como al trasluz
aquel torso fugaz, entre magnolias y sombras
y avenidas.
Y aquel deseo de huir,
el hechizo de hacer del equilibrio un acto
de contrición por la belleza que obliga,
de sostenerse en vilo
y fijar la mirada en esa sombra impávida
que viaja en la impericia, que nos llama
desde una bicicleta.

Ronald BONILLA

(1951)

OBRA POÉTICA: *Las manos de amar, Consignas en la piedra, Un día contra el asedio, Porque el tiempo no tiene sombra, Hoja de afiliación.*

A LA MUJER DEL CIRCO

Después de la función
es inútil que me quieras,
que me des la espalda o que me beses.

Sé lo que piensas
y no me agrada.

Después del circo
no me gusta que eches fuego
ni que te contorsiones
o hagas malabares.

Solo quisiera verte en equilibrio

entre mi sangre y mi palabra,
como una foto en mi alcoba,
con la ropa sencilla
de cuando me enamoraste.

DECIR DEL VIENTO

Di que el viento tuerce, doloroso, a la deriva,
tus caminos.

Pero, ¿de qué violencia estamos hechos,
de qué sal, de qué arena fragorosa?
¿En qué poniente aciago, en cuál mañana
diseminaron estos rudimentarios brotes?

Di que el viento ulula en la madera,
quijongos imposibles que te arrastran.

¡Qué difícil sangrar de la esperanza!
Satisfacer los anhelos de roble
de los ríos y las doblegadas cumbres;

no quedar más anclados entre estepas vividas.

¿De qué hojas dispersas nos hicieron,
de qué maíz, de qué barro salobre,
de qué excremento macerado y fiero?

Di que el viento atravesando
esta luz lejana
que le devuelve la mirada a Dios.
Y nos vuelve terrones como rayos,
palabras como cielos
donde iniciar estas amarras
de la luz que nos subleva hasta el abrazo.

Di tú si el viento
está cantando al fin entre los prados.

Diana ÁVILA

(1952)

OBRA POÉTICA: *El sueño ha terminado, Mariposa entre los dientes, Cruce de vientos, Gramática del sueño.*

UNO PARA EL VIENTO

Trataba de acercarme a vos
sin hacer ruido
como los gatos,
temo que despiertes y el dragón me coma.

Así de cuatro y dos son seis está la cosa.

Después de tantos años
no he dicho una sola palabra
ni sola ni acompañada.
Sigo siendo viento,
silencio sobre el agua.

Mi prehistoria es otra cosa.

COLOR DESEO Y DESCUBRO

Color deseo y descubro,
color me siento
y me desnudo color.
Color sueño
y despierto color.
Color sudo y respiro.
Color me veo
tan simple:
sobre la piedra
casi suave
casi eterno
sin otra mirada
que mirar leve,
puertas de alcanfor
con sabor de jenjibre
en balcones
de enormes codornices.

Mía GALLEGOS

(1953)

OBRA POÉTICA: *Los reductos del sol, El claustro elegido, Los días y los sueños.*

A LA SOMBRA

Estoy sola,
en paz con la sombra
y la guarida
esta que es ancha como el amor.

La muerte no me azuza
y el oído responde
como quejándose
con esa música que un violín desdobla
sobre la atmósfera.

Se han fugado esta noche
los fantasmas
y como una sibila,

prendo un cometa,
lo hago rodar sobre el infinito
y más y más arriba del tiempo,
y danzando pregun
¿dónde estás?

PAISAJE

Aparece el mar.
Había desaparecido tras los golpes del viento.
Otra vez está el oleaje liso y parejo.
Cada onda se diluye en la otra
y cae el murmullo blanco sobre la arena negra.

Vuelve a revolotear el viento.
Y la bahía desaparece.
Las ráfagas voraces forman pequeños ciclones
en la arena negra y dorada
que brilla bajo el cielo.
Juega.
El tiempo juega en estos parajes.

También los árboles de tamarindo se ondulan como el mar.
Allí arriba en las crestas.

En las copas del árbol un pájaro rojo pinta las hojas.
La marea empieza a bajar.
Pero el viento no cesa.
Un solo remolino borra la superficie.
Adentro, sin embargo, yace el mar:
profundo y negro. Pero no lo podemos ver.
El tiempo se despoja de su vuelo
y no lo podemos atrapar.

Nidia BARBOZA

(1954)

OBRA POÉTICA: *Las voces*, *Hasta me da miedo decirlo*.

TORSO

¡Amor!
Amo esas mañanas
cuando despierto
y te encuentro de espalda
en esa posición predilecta
que te separa del mundo.
Cuido ese arrullo de vos misma
para que no despierte
al menos por unas horas,
porque antes y después
tu posición siempre
es correr,
alzar,
desafiar con las manos el corazón moribundo
de los días del mundo.

Por eso despierto
y te veo de espalda.
Me gusta cubrirte
acomodando en mis entrañas
la fiebre de tu cansancio
y aliviar
el dolor mientras duerme.

Por eso despierto primero,
porque puedo verte
de espalda
antes
de saltar de la cama.

NACIMIENTO

Nos hemos quedado dormidas
sobre el puente
de un largo beso
donde se detuvo
el contorno de la noche

meciéndose en un nido
que tomó su propio rumbo.

Nunca tu boca se desprendió,
nunca mis labios
bajaron
de tu boca…
y cuando despertamos
había otros besos
jugando al borde de la cama.

¡AY, AMOR, ANOCHE!

¡Ay, amor!
¡Qué inmensidad tenías anoche!
El sueño se envolvió en tu cuerpo.
Eras un tornado en mis pezones,
misteriosos ramos de carne y nervio
que se extienden por tu boca
erizando su alrededor.
Revividos por la punta marinera de tu lengua

en deliciosas prolongadas rotaciones.
Ahí, tu saliva fluvial, renovó,
extendió, universalizó mis tejidos
con esa sensación que despiertan las células
de una fina hebra en tu caricia buscadora.

¡Ay, amor, anoche!

Adriano CORRALES

(1958)

OBRA POÉTICA: *Tranvía negro*, *Hacha encendida*, *Caza del poeta*, *Kabanga*.

LA PIEDRA SE FROTA CON OTRA PIEDRA

La piedra se frota con otra piedra
para cincelar el fuego en luces que configuran
la paloma torcaz sangrada por manos fundadoras.

Así froto estas palabras en el centro del túmulo
para restituir la luz en la imagen calcinada
como el primer planeta verde en la hoguera.

Así chispeantes y amorosas
por la noche dividida de los cuerpos
en dos fauces para coser el silencio
sin alas en la ringlera de satélites y astros
desangrándose como mi perfil sobre la mesa.

PINOS Y ARAUCARIAS

Pinos y araucarias comadrean con las palmeras.

Una garza se aferra ante las luces que caen.

Las copas espumean su ademán salvaje.

Las frases atraviesan las gargantas
como dioses desconocidos
en esta tierra cavada árbol arriba
con ríos de estiércol y lunas frías.

El paisaje se nos muere
soles blancos
                    sobre soles negros
descascaran el agua que se encharca
Como el tiempo en nuestros días.

Ana ISTARÚ

(1960)

OBRA POÉTICA: *Poemas abiertos*, *Estación de fiebre*, *Verbo madre*.

YO SOY EL DÍA

Yo soy el día.
Mi pecho izquierdo la aurora.
Mi otro pecho es el ocaso.

La noche soy.
Mi pubis bebió en la sombra
negros viñedos, duraznos,

la tempestad.
La rosa recia del viento,
seda encarnada en mi ovario.

VENUS ENCINTA

Pleamar
soy curvatura:
Venus hermosa
saliendo de su baño
con los pechos en punta, negrísimas
sus flores compitiendo
en latitud
con la pulpa preciosa
de su vientre
redondo como vela,
repleto como el mundo.

AL DOLOR DEL PARTO

Hola, dolor, bailemos.
Serás mi amante breve
en este día.

Tu sirena de barco,
tus anillos sonoros en mi boca:
Ya lo sé.

Oh bestia de Jehová,
muerdes a quemarropa.
Hola dolor.
bailemos, qué más da.

Ya te miraré arder, rabioso,
solo en tu ronda

Y yo botando espuma por los pechos,
gozando al reyezuelo,
oliendo el grito de oro
del niño que parí.

Carlos CORTÉS

(1962)

OBRA POÉTICA: *Los pasos cantados*, *El amor es esa bestia platónica*, *Los cantos sumergidos*, *Canciones del prodigioso citarista*, *Autorretratos y crucificciones*, *Vestigios de un naufragio*.

TODOS ÍBAMOS A SER REYES

Todos íbamos a ser reyes de chelles
reyezuelos de la literatura
o al menos musas de un café trasnochado
todos íbamos a ser reyes

pensábamos que la poesía
podía aprenderse en un taller y no en la vida
que bastaba con ser auténticos
comprometidos y revolucionarios
dentro de una monserga insulsa
aunque no supiéramos nada de alquimia
que el talento podía malgastarse

que era suficiente
con leer a benedetti
o leernos a nosotros mismos

todos íbamos a ser reyes
nunca nos dimos cuenta de nada
pasamos de la euforia
a la decadencia en una noche
por la vida literaria
sin haber llegado a la literatura.

ALEGORÍA DEL QUETZAL

Con la cabeza encendida
y la boca llameante
en la selva del viento
mientras amanece y anochece
            tanto a la vez
en los surcos donde la tierra
como un nuevo cielo
se vuelve transparente y alada

espejea un colibrí de fuego
una ocarina raya la tela azul del mundo
como una pedrada en el follaje líquido
de la laguna que provoca anillos en el agua
se hace el silencio
                    el quetzal
——jade emplumado de escalofriantes ramas——
vuelca su esquiva nitidez sobre los hombres
y llueve y todo es alero y lluvia
y así   unidos y vivos
     sin piel   sin muertos
sin guerras ni paces misterios o monumentos
mansamente mediocres
risiblemente pequeños como el quetzal que muere
en su cautiverio
discretamente ingenuos y asombrados del asombro propio
¿a quién pedirle permiso para ver?
¿a quién agradecerle por tanto y por tan poco?

Luis CHAVES

(1969)

OBRA POÉTICA: *Los animales que imaginamos*, *Asfalto*, *La máquina de hacer niebla*.

REPASO

Se acelera el corazón
por medios artificiales
y los vientos alisios
son vehículo de polen y epidemias.
De la belleza de la fealdad
otros hablan mejor.

¿Con quién dormirás ahora?
es una interrogante
para los años que vienen.
Lo de hoy es la brisa en la espalda
y todo lo que dura
menos el plástico.

EL *WOK*

Tibios en el *wok*
Los restos de la cena.
Comimos sin cruzar palabra
acompañados por el disco
que sigue sonando.

La mente en blanco
desde hace siete meses
concluye lo que puede:
una canción dice cosas
que en un poema sonarían mal.

LO QUE DURA LA FELICIDAD

El abuelo de mamá,
totalmente senil,
dentadura de porcelana y pañales,
sentado en medio de una progenie

que ya no reconoce.
A la cuenta de tres todos dicen *whisky*.

Su sonrisa dura lo mismo
que ese instante mínimo
entre el *flash* y el obturador.

Gustavo SOLÓRZANO

(1975)

OBRA POÉTICA: *Las fábulas del olvido*, *Inventarios mínimos*, *Nadie que esté feliz escribe.*

PARA SALVARSE

El oído dirige los pasos,
el sonido cauteloso del mundo.

Todo se confunde en el corazón de los días,
en la huida de estos animales que guardamos.

La tristeza se esconde en libros infantiles
y de calle en calle nos arrastra como cuerpos secos.

Regresan a nuestras manos todos los rostros.
Regresa el caminante a una ciudad que desconoce.

Apenas lo salva el sonido que lo guía.

UNA CALLE DE PIEDRA

Una calle de piedra.
Una iglesia de piedra.
Una cama de piedra.
Una piedra dura y simple.
Una calle para correr.
Una iglesia para rezar.
Una cama para dormir.
Calles, iglesias, camas, piedras.
Con el peso de todas ellas
se construirá un refugio.
Con las piedras todas ellas
se construirá una casa.
Con las piedras todas juntas
se alzará un muro.
Con las piedras todas, con ellas, juntas,
con las piedras simples, duras,
enemigas, del agua.

G. A. CHAVES

(1979)

OBRA POÉTICA: *Vida ajena, Wallau.*

CALLE LA JOAQUINA

Por las cuestas vecinales
las mujeres más jóvenes
hacen ejercicio
empujando, al trotar, los coches de sus niños.

Sobre ellas vuela un momoto
y sus plumas mimetizan en el aire
el olor del eucalipto.

La marcha de las podadoras
hace gruñir al monte,
congestiona el espacio.

Una pareja de adolescentes
espera el bus sin esperarlo

porque el lugar al que quieren ir
es el lugar donde ya están sus manos.

ANTES DE LAS FINCAS DE CAFÉ

Antes de las fincas de café fueron los ríos.
Luego vinieron los tractores y residenciales.

Y con ellos llegaron los muros
y los muros se comieron las aceras,

y la electrificación y el asfalto
dispersaron los fantasmas antiguos.

Con cada movimiento de tierra nos derrumbamos un poco,
y el futuro se va vistiendo tras los andamios.

La sismología nos advierte que
istmo somos, y en cisma nos convertiremos.

verdaderos afectos, la artificiosidad en la comunicación. Son, por supuesto, temas poéticos; no necesariamente hechos reales. Reaparecen ciertos temas que en otras épocas fueron frecuentes; por ejemplo, el del poeta inmerso en la soledad en medio de la multitud. No es poesía pesimista, sino lo contrario: un testimonio de que la palabra poética es una voluntad de recuperación, de salvación, porque se procura descubrirle otro sentido a la existencia. En esta antología se pueden señalar como ejemplos representativos los poemas de Istarú, Cortés o Chaves, entre otros.

ESTA ANTOLOGÍA

El origen de esta antología está en una amistad nacida por vía electrónica entre el compilador y el traductor. La idea de su publicación surgió hace casi cinco años, y a lo largo del tiempo hemos charlado a la distancia sobre las características del libro y sobre las posibilidades para financiar su edición y publicación. Yo me he encargado de la selección y de este breve estudio preliminar; el profesor Tsuzumi Shu, de la Universidad de Kansai（Osaka）, realizó la traducción y gracias a su perseverancia ha sido posible su publicación en Japón. Ambos agradecemos al Instituto de Estudios Orientales y Occidentales y a la Editorial de la Universidad Kansai haber auspiciado este proyecto, que comunica a los lectores japoneses y a los poetas costarricenses mediante la palabra traducida, la mejor forma de comunicación humana.

Carlos Francisco MONGE

Diciembre de 2017

Hacia la mitad del siglo XX, una parte importante de la literatura de Costa Rica se orientó hacia los temas políticos y sociales. Fue una consecuencia de diversos conflictos nacionales e internacionales que favorecieron el desarrollo de la denominada literatura comprometida. Aunque no en todos los casos, numerosos escritores adoptaron la literatura como una forma de dar testimonio crítico de la historia y de las circunstancias. La poesía adoptó esa perspectiva estético-ideológica. Es una etapa que se extiende, aproximadamente, entre 1945 y 1980, aunque no se puede decir que durante ese período solo se escribió ese tipo de poesía. También hay poesía más «lírica», orientada a muy diversos temas (la intimidad, la religiosidad, el erotismo, el sentido de la existencia humana, etc.). Entre los poetas representativos en esta antología están Azofeifa, Odio, Duverrán, Albán, Dobles, Quirós.

La etapa más reciente ——la contemporánea—— podría denominarse la de la poesía *posmoderna*. Corresponde desde la etapa final del siglo XX hasta la actualidad. Como no podía ser de otro modo, Costa Rica se integra al actual proceso de la globalización, por lo que no se puede sustraer de los grandes movimientos políticos, sociales, económicos y científico-tecnológicos de la historia contemporánea. Los campos de acción, los referentes, los temas y el lenguaje han entrado en una notable transformación; sin abandonar del todo las referencias a lo nacional costarricense, la poesía se interna en otros ámbitos más generales, o de la historia transfronteriza.

El espacio urbano de cualquier ciudad contemporánea (sobre todo la occidental) se convierte en un tema sobre el sentido y expectativas de la condición humana. No siempre feliz, la ciudad es el sitio donde confluyen la incertidumbre, las transformaciones radicales, la ausencia de

económica y hasta geográfica, pero su desarrollo y manifestaciones están a la altura de las letras contemporáneas escritas en español.

Esta *antología de poesía costarricense* incluye una pequeña muestra de su desarrollo durante el siglo XX y los primeros lustros del actual. Sobre ella, conviene hacer una breve historia de su desarrollo.

Podríamos dividir en varias etapas esa historia: la primera corresponde al *modernismo*, que fue una tendencia que hizo hincapié en el esteticismo y en el cosmopolitismo, anclada por lo general en ciertos modelos de la cultura europea (sobre todo París, aunque también Madrid, Roma y Londres). Fue una corriente con notable éxito, no solo por su amplio desarrollo en Hispanoamérica, sino porque uno de sus principales poetas era de Nicaragua, país vecino: Rubén Darío. Esa etapa modernista se extendió entre 1900 y 1920, en Costa Rica. En esta antología figuran como modernistas los poetas Brenes Mesén, Chavarría y Sotela.

Una segunda etapa, conocida en Hispanoamérica como el *posmodernismo*[2], consistió en una corriente en cierto modo contraria a la etapa anterior, puesto que se procuró una especie de regreso al mundo propio, a la patria natal, a su vida y costumbres, a la intimidad doméstica o familiar, todo ello contrapuesto al cosmopolitismo modernista. Esta corriente, desplegada entre 1925 y 1940, tuvo cierto éxito, no tanto editorial como ideológico, porque procuraba recuperar y revalorar la cultura propia, vernácula: el paisaje rural, la montaña, los mares, los sentimientos privados, de la vida familiar o costumbrista. Entre los poetas costarricenses que desarrollaron esta modalidad están Estrada, Marchena, Sáenz y Luján.

2 Este concepto no debe confundirse en español con el término *posmodernidad*, según se verá más adelante.

diplomáticas y culturales con Japón empezaron en 1935; aunque fueron suspendidas diez años después, se reanudaron en 1953 y desde entonces se han mantenido ininterrumpidas, pacíficas y respetuosas. Entre ambas naciones se han firmado numerosos y variados acuerdos de cooperación en los campos tecnológico, comercial y educativo.

La literatura de Costa Rica, como casi toda la hispanoamericana, empezó durante el siglo XIX, con la influencia de las letras europeas, especialmente españolas, alimentada por las corrientes y movimientos más conocidos, sobre todo el romanticismo y el realismo. Con el paso al siglo XX, aparecen otras corrientes; entre ellas, el modernismo y las corrientes de la vanguardia artística, propias de los primeros veinticinco años de ese siglo.

Por supuesto, no todo han sido influencias. Los escritores y artistas costarricenses procuraron dar aportes originales, al interpretar el espacio, la historia y la cultura nacionales, si bien empleando modelos y tendencias procedentes de los principales centros de cultura: Madrid, París, Nueva York, México, Buenos Aires, entre otros. Siempre ha sido, como toda verdadera poesía, una interpretación del propio entorno histórico, cultural y social de Costa Rica, puesto que el poeta no escribe con abstracciones, ideas generales o tópicos habituales en cualquier lengua. Desde la segunda mitad del siglo XX, con la modernización general del país, el aumento de las relaciones culturales con el mundo y la mejora de su nivel educativo, la literatura costarricense se ha desarrollado mucho mejor y son numerosos los escritores que han creado obras —— novela, poesía, ensayo—— de innegable valor y calidad. Tal vez no sea tan conocida como la de otros países con más presencia política,

Prólogo

Costa Rica es un país situado en el istmo centroamericano. Su escaso territorio (51.100 kms^2) tiene una extensión equivalente a la octava parte de la superficie de Japón[1]; un poco mayor que la de Bélgica, los Países Bajos o Dinamarca.

Su historia moderna es relativamente corta. Junto con otras regiones de América del Sur, su territorio fue ocupado, a partir del siglo XVI por el Imperio Español, del que se separó a principios del siglo XIX, y hacia 1850 se convirtió en una república, hasta la actualidad. Después de su independencia de España, en 1821, Costa Rica y otros cuatro países centroamericanos procuraron su unión política, pero la idea fracasó. Desde entonces, Costa Rica ha adoptado la modalidad de una república democrática, conforme a un régimen presidencialista.

En la comunidad internacional, este país goza de prestigio por sus principios civilistas, como promotor de la paz en la región y como defensor de los derechos democráticos. Además, se le han reconocido sus esfuerzos por proteger su ecosistema natural, sin fines lucrativos ni turísticos, sino como acto de preservación del patrimonio biológico humano.

Si bien es un país en vías de desarrollo, cuenta con un extenso sistema educativo y un notable grado de alfabetización de su sociedad. La educación pública se extiende a todo su territorio, y las universidades ——estatales o privadas—— procuran poner el país en una etapa de modernización científica, tecnológica y cultural. Sus relaciones políticas,

---

1 Aproximadamente la suma de los territorios de la isla Shikoku y la región de Chugoku.

Universidad Kansai
Instituto de Estudios Orientales y Occidentales

Primera edición, marzo de 2019
Impreso por Amagasaki-Insatsu S. A. en Japón

ISBN: 978-4-87354-698-8

Kansai University Press
3-3-35 Yamate-cho
Suita-shi, Osaka 564-8680
Japón
Tel: +81-6-6368-1121

POESÍA DE COSTA RICA

Carlos Francisco MONGE
Recopilación y prólogo

Shu TSUZUMI
Traducción

編者　カルロス・フランシスコ・モンヘ
1951年、サン・ホセ（コスタリカ）生まれ。詩人、アンソロジスト、批評家。エレディア国立大学文学部教授。コスタリカ言語アカデミー会員。スペイン言語アカデミー通信会員。詩集に『天体と唇』（1972）、『闇の足元で』（1972）、『驚異の住人』（1975）、『鼓動の王国』（1978）、『豊かな時間』（1983）、『消えたインク』（1990）、『不完全の謎』（2002）、『陰の寓話』（2009）、『無防備都市のための詩』（2009）、『緑の祈り』（2013）、『あのすべての何ものでもない』（2017）、『町の写字生』（2017）、『野天ノート』（2018）。1977年に「超越主義宣言」をラウレアノ・アルバン、フリエタ・ドブレス、ロナルド・ボニージャとともに発表。当時のコスタリカ現代詩に新しい潮流をもたらした。

訳者　鼓　宗（つづみ　しゅう）
1965年、神戸市生まれ。慶應義塾大学文学部卒業、神戸市外国語大学大学院イスパニア語専攻修士課程修了。現在、関西大学外国語学部教授。専攻は、ラテンアメリカ文学。著書に『文化の翻訳あるいは周縁の詩学』（共著。水声社、2013年）、『中世から現代へ—西洋文学の伝統の様々な形—』（共著。関西大学出版部、2017年）。訳書に、オクタビオ・パス『三極の星』（青土社、1998年）、ホルヘ・ルイス・ボルヘス『アトラス——迷宮のボルヘス』（現代思潮社、2000年）、アルトゥロ・ラモネダ編著『ロルカと二七年世代の詩人たち』（共訳。土曜美術社出版販売、2007年）、ビセンテ・ウイドブロ『マニフェスト』（関西大学出版部、2013年）、同『クレアシオニスムの詩学』（関西大学出版部、2015年）等。

関西大学東西学術研究所　訳注シリーズ 20
コスタリカ選詩集—緑の祈り

2019年3月31日　発行

編　者　カルロス・フランシスコ・モンヘ
訳　者　鼓　宗
発行者　関西大学東西学術研究所
〒564-8680
大阪府吹田市山手町3丁目3番35号
発行所　関 西 大 学 出 版 部
〒564-8680
大阪府吹田市山手町3丁目3番35号
印刷所　尼 崎 印 刷 株 式 会 社
〒661-0975
兵庫県尼崎市下坂部3丁目9番20号

ISBN 978-4-87354-698-8　C3098　落丁・乱丁はお取り替えいたします